Wilma Klevinghaus

Die Engel sind unter uns

Alle Rechte bei der Autorin
Covergestaltung: Wilma Klevinghaus
Herstellung und Verlag:
Books on Demand GmbH, Norderstedt

ISBN 3-8334-0883-9

Engelsuche

Gott, schicke deine Engel aus
wie du getan vor Zeiten
in Schloss und Hütte, jedes Haus,
durchs Leben uns zu leiten.

Gott, schicke deine Engel her,
die Kinder zu bewahren;
denn ihnen drohen täglich mehr
Versuchung und Gefahren.

Gott, schicke deiner Engel Schar
ins wüste Völkerringen,
dass sie, so wie es einstens war,
der Welt den Frieden bringen.

Gott, lass uns deine Engel sehn,
die uns verhüllt begegnen.
Lass uns an ihrer Seite gehn
und uns von ihnen segnen.

Der Engel auf der Autobahn

In der Autobahnraststätte war es diesmal hoch her gegangen. Eine nicht gerade prominente Band hatte offenbar Pech mit ihrem Bus gehabt und wartete nun auf ein Ersatzgefährt. So hatten sie ihr ganzes Gepäck samt Instrumenten erst einmal ausgeladen und der Einfachheit halber mit in die Raststätte genommen.

Nachdem alle ausgiebig gespeist und getrunken hatten, begann es den ersten langweilig zu werden, bis einer von ihnen auf die Idee kam, dann eben die erzwungene Wartezeit zu einer außergewöhnlichen Probe zu nutzen. Sie bauten also so gut es eben ging ihre Sachen auf und legten los. Im Nu war die bis dahin eher verschlafene Stimmung wie ausgewechselt, die Gäste klatschten und sangen mit, einige bemühten sich sogar im Foyer und auf dem kümmerlichen Rest der Fläche, die im Restaurant noch zur Verfügung stand, das Tanzbein zu schwingen.

Alex, der junge LKW-Fahrer, der eben noch neben seinem Kollegen Kalle lustlos in seinem Schnitzel herumgestochert hatte, war wie verwandelt. Er klatschte und tanzte und sang – so weit man sein Krächzen Singen nennen konnte -, dass es eine Art hatte und schien an ein Weiterfahren überhaupt nicht mehr denken zu wollen. Aber Kalle sah immer öfter zur Uhr, brüllte schließlich: „Zahlen!" durch den Raum und stupste Alex bei seinem Tanzen ungeduldig an.

„Komm, wir haben noch eine lange Strecke vor uns diese Nacht", sagte er, nachdem sie aufgestanden waren, „Willst du gleich in deine Koje?"

„Lohnt sich nicht mehr," lachte Alex, „Meinst du wirklich, mit diesem Sound in den Ohren könnte ich jetzt schlafen? In der nächsten Pause löse ich dich ab. So lange leiste ich dir noch ein bisschen Gesellschaft, wenn es dir recht ist."

„Gerne", machte Kalle und stieg ein, „Ist doch nicht so langweilig wie alleine. Die besten Platten können ein gutes Gespräch nicht ersetzen." Alex ließ sich auf den Beifahrersitz fallen. Diese jungen Leute, dachte Kalle ein bisschen neidisch, die haben noch Kräfte. Aber der wird auch mal so ein alter Hund wie ich.

Er stöhnte. Am liebsten wäre er selbst in die Koje gegangen. Schon seit einigen Stunden hatte er sich nicht besonders wohlgefühlt. War mal wieder ein heißer Tag gewesen, heiß in jeder Beziehung. Der Chef hatte wieder ein Pensum zusammengestellt, das sich gewaschen hatte. Und das ausgerechnet jetzt, zur Hauptreisezeit, wo in drei

Bundesländern gleichzeitig die Ferien anfingen. Hitze, Stress ... gewiss, man kann sich daran gewöhnen. Für eine gewisse Zeit wenigstens. Aber irgendwann verlangt der Körper sein Recht. Beim nächsten Schichtwechsel würde er sich einfach in seine Koje fallen lassen und Autobahn, Kilometer und Verkehrsdichte würden ihm für ein paar Stunden egal sein. Aber bis dahin musste und würde er noch durchhalten. Er war keiner von denen, die vorzeitig schlapp machen. Die paar Jahre bis zur Rente würde er schon noch schaffen, auch wenn er in letzter Zeit des öfteren spürte, dass ihm die Arbeit schwerer fiel als vor ein paar Jahren.

Eine Weile hockten sie schweigend neben einander im Führerhaus. Alex paffte wie üblich eine Zigarette nach der andern. Gelegentlich ließ er einmal ein Wort oder einen halben Satz vernehmen. Ein gutes Gespräch, hatte er, Kalle, zwar gesagt. Aber mit Alex kam es selten dazu. Für den schien es kein anderes Thema zu geben unterwegs als Straße und Verkehr. Die andern Verkehrsteilnehmer waren in seinen Augen allesamt bescheuert, manchmal auch Kalle. Der kannte Alex' Frotzeleien und regte sich nicht auf. Man muss ihn nehmen, wie er ist, sagte er sich. Es war eben dessen Art.

„Der hat wohl auch seinen Führerschein im Supermarkt gekauft" schimpfte er oder drängelte: „Los, Kalle, überhol schon!" sogar bergauf, wo er doch genau wusste, wie schwer sie geladen hatten. Kalle ließ sich nicht davon beeindrucken. So leicht brachte ihn nichts und keiner aus der Ruhe. Schon gar nicht Alex. Vierzig Jahre unfallfrei gefahren, das solle der ihm erst einmal nachmachen. Kalle wusste genau, was er sich und seinem Gefährt zumuten durfte, auch gegenüber dem Chef. Und auch an einem Abend wie diesem, wo er mit der aufkommenden Müdigkeit zu kämpfen hatte und mit diesen merkwürdigen Schmerzen in der Brust, die ihm in letzter Zeit des Öfteren das Atmen schwer machten. Vielleicht sollte er doch einmal zum Arzt gehen ...

„Na, die lahme Ente da! Da wirst du doch wohl noch vorbeiziehen können", versuchte Alex ihn wieder einmal anzustacheln. Die „lahme Ente" war ein schwerer Konserventransporter mit Anhänger aus Sofia, der schon die ganze Steigung über vor ihnen her zuckelte. Irgendwie fühlte Kalle sich plötzlich an seiner Ehre gepackt.

„Klar", gab er zurück und setzte den Blinker. Wenig später befand er sich auf der Überholspur. Aber der Bulgare drehte auf. Wahrscheinlich wollte jetzt er dem Deutschen zeigen, was in ihm steckte.

Er versuchte Kalle abzuwimmeln, während Alex wie üblich sich über ihn lustig zu machen begann. Also trat auch Kalle das Gaspedal bis unten hin durch. Um diese Nachtzeit war die Autobahn nur wenig befahren und der nächste Starenkasten nach seiner Erfahrung noch eine ziemliche Strecke weit weg; da konnte er es sich erlauben.

Doch dann wischte er sich verwirrt mit einer Hand über die Augen und beugte sich so weit vor, dass sein Kopf fast die Windschutzscheibe berührte.

„Das gibt's doch nicht!" stieß er hervor, „Was ist denn das da vorne?"

„Wo denn? Ich kann nichts sehen"," knurrte Alex, den eher der Bulgare neben ihm nervte. Es schien, als könne ihr alter Brummi nicht mit dem neuen des Anderen mithalten.

„Da – das Licht da oben!"

Es ging jetzt etwas stärker bergauf. Kalle fiel leicht zurück gegenüber seinem Rivalen.

„Welches Licht?" Alex sah nichts. „Vielleicht ein besonders starker Scheinwerfer auf der andern Seite?"

Kalle stierte nach vorn.

„Ich bin doch nicht bekloppt. Ich weiß doch, wie ein Scheinwerfer aussieht. Und wo soll um alles in der Welt auf diesem Autobahnabschnitt ein Scheinwerfer herkommen? Die Gegenfahrbahn liegt doch hier einen halben Kilometer getrennt von unserer. Da ist was anderes. Mach doch deine Augen auf! Irgendetwas. Aber was? Da oben!"

Alex lachte.

„Wo denn, am Himmel etwa?"

Kalle umklammerte das Lenkrad fester. Es war wie verhext. Der Bulgare holte immer stärker auf.

„Da ist doch was!" schrie Kalle. Er ließ sich nichts vormachen. auch nicht von Alex. Die Strecke kannte er wie seine Westentasche.

„Ich glaube eher, du bist blind" brüllte er den Jungen an, „Da ist ein Licht! Ein ganz helles Licht. Genau vor uns!"

Alex wurde es mulmig zumute. Er konnte beim besten Willen nichts Außergewöhnliches erkennen. Die Nacht war so dunkel wie zuvor. Kalles Stimme klang ihm mit einem Mal so fremd, irgendwie erschreckend.

„Was ist mit dir?" keuchte Alex und packte Kalle am Arm, „Du zitterst ja!"

Kalle nahm den Fuß vom Gaspedal. Fühlte, wie kalter Schweiß seine Stirn bedeckte. Schwer und stoßweise ging sein Atem. Alex zwang sich, nicht in Panik zu geraten und vergewisserte sich im Rückspiegel, dass ihnen niemand folgte.

Der Bulgare zischte rechts an ihnen vorbei. Kalle starrte nach vorn.

„Siehst du immer noch nicht – genau dort?" wimmerte er förmlich, während es schien, als wolle er das schwere Gefährt zum Stehen bringen, „Sieht wie ein Engel aus ..."

„Ein Engel?" Alex schrie ihn an, „Bist du denn wahnsinnig geworden?" Und in diesem Augenblick war dies weit mehr als eine seiner üblichen derben Redensarten, erkannte er selbst mit Entsetzen. Er griff ins Steuer. Kalle wehrte sich nicht einmal.

„Danke", hauchte er zu Alex' großer Überraschung. Ehe dieser recht begriff, rutschte Kalle schon kraftlos zur Tür.

„Auf den Seitenstreifen", stammelte er noch, „Kannst du mich ab---?"

Alex riss das Steuer herum und hupte. Sofort antwortete er Bulgare um ein Vielfaches ärgerlicher und bremste zugleich so gefährlich hart, dass auch Alex der Schweiß ausbrach. Mit der einen Hand betätigte er mechanisch die Warnblinkanlage, obgleich ihnen niemand folgte, der sie hätte erkennen können. Mit der andern lenkte er vom Beifahrersitz aus den Brummi zur Seite. Noch ehe er den Seitenstreifen erreicht hatte, tauchte jäh ein grelles Licht schräg vor ihnen die ganze Fahrbahn in unerwartete Helligkeit und huschte im selben Augenblick an ihnen vorbei.

„Ist der verrückt?" schrie Alex auf und steuerte den Brummi mit dem in sich zusammengesunkenen Kalle auf den Seitenstreifen. Es dauerte eine Weile, bis er stand.. Mit zitternden Knien beugte er sich über Kalle, der im selben Augenblick schwer auf das Steuer knallte.„Mein Gott, Kalle!" Er riss sein Handy aus dem Anorak.

„Ein Geisterfahrer an der Geislinger Steige! Und außerdem brauchen wir einen Notarzt. Mein Kollege ... total weggetreten. ... Möglicherweise Herzinfarkt ... Ich weiß es nicht!"

Auch er war bleich geworden.

„Mann, das war knapp! Eine Sekunde später herübergezogen – und ...."

Kalle versuchte zu reden. Es war mehr ein Lallen.

„Engel", glaubte Alex zu verstehen und so etwas wie „Warnen"

Kalles blutlose Lippen flatterten in einem totenblassen Gesicht. Alex hielt den Röchelnden, dessen Atem immer flacher wurde, auf seinem Schoß. Irgendwo aus weiter Ferne näherten sich Blaulicht und Martinshorn.

Hoffentlich nicht zu spät" seufzte Alex und presste die Hände ineinander, „Lieber Gott ...“

„Hoffentlich nicht zu spät", seufzte Alex und presste die Hände ineinander, „Lieber Gott ...“

In den Morgennachrichten, die Alex Stunden später bei der Weiterfahrt hörte, nachdem ein Krankenwagen Kalle längst ins Krankenhaus gebracht hatte, hieß es: „Wieder Geisterfahrer auf der Geislinger Steige. Wie durch ein Wunder gab es keinen Zusammenstoß ...“

Kein Wort von Kalle und dem Engel, den er zu sehen versichert hatte, dachte Alex.

Unverhofft

Manchmal, ganz unvermutet, steht
dir plötzlich ein Engel zur Seite,
führt dich den Weg, dass es weitergeht
aus Dunkel und Enge ins Weite.

Du siehst ihn nicht, du hörst ihn nicht.
Doch wenn er wieder gegangen,
spürst du durchglühen sein heimliches Licht
die Finsternis, die dich umfangen.

Und lange noch bleibt dir ein Schimmer
zurück
und lässt dich getrösteter wandern
und verändert dein Reden und Geste
und Blick
und macht dich zum Engel den Andern.

Warum tun Sie das?

Diese Bank liebte er vom ersten Tag seines Urlaubs an. Fast immer, wenn er vorbei kam, war sie frei. Desto mehr erstaunte es ihn, dass sich ausgerechnet dort ein Fremder zu ihm setzte, wo es doch auf dem langen Weg zwischen den beiden Badesträuden Bänke genug gegeben hätte, die gleichfalls im Schatten lagen.

Eine Weile schwiegen sie. Doch Hansen wurde das Gefühl nicht los, dass der Andere ihn heimlich musterte. Und in der Tat begann dieser schließlich nach kurzem Herumdrucksen:

„Entschuldigen Sie bitte. Aber ich muss Sie einfach etwas fragen. Ich bin mir ganz sicher, Sie sind Herr Hansen. Ich habe letzte Woche den Artikel über Sie gelesen und Ihr Bild in der Zeitung gesehen. Warum tun Sie das alles?"

„Was?" fragte Hansen leicht verärgert.

„Na ja, wie Sie sich um die Penner und Obdachlosen und Knackis kümmern." Die Sache wurde Hansen immer unangenehmer. Lob machte ihn meistens verlegen.

„Das ist doch nichts Besonderes", *versuchte er den Fremden abzuwimmeln.*

„Da bin ich aber anderer Meinung", *wehrte der ab, „Wenn das so selbstverständlich wäre, täten andere Leute es auch. Ich zum Beispiel, ich könnte das nicht. Das ist auch der Grund, weswegen ich mir erlaube, Sie anzusprechen, wo ich Sie nun einmal persönlich sehe. Nochmals: Warum tun Sie das? Sie bilden sich doch nicht ernsthaft ein, von diesen Menschen je Dank erwarten zu können?"*

„Dank", *sagte Hansen peinlich berührt, „Was ist das schon?"*

Wie er dazu kam, ihm dann die Geschichte zu erzählen, die bisher nur die paar Freunde kannten, die dabei gewesen waren, wusste er hinterher nicht zu sagen. Er erinnerte sich nur, dass er plötzlich staunend sich selber reden hörte.

Es ist eigentlich eine ganz einfache Geschichte, *fing er an*, aber sie hat mein Leben verändert ... Es geschah nicht hier. Ich habe den Ort nie wiedergesehen. Aber immer, wenn ich daran denke, rieche ich das Meer, spüre das Salz auf meiner Haut, höre das Plätschern des Wassers und die Stimmen der Möwen als einzige Laute in der Stille ...

Bis zu jenem Badeurlaub an der Nordsee war mein ganzes Leben ohne besondere Vorkommnisse verlaufen. Stinknormal, wie ich fand. Zusammen mit ein paar Freunden hatten wir ein Ferienhäuschen gemietet. Aber ansonsten füllte jeder seine Tage nach seinem eigenen Gutdünken aus.

Von Natur aus eher zur Bequemlichkeit neigend hatte ich es im Sport in keiner Disziplin zu besonderen Leistungen gebracht. So war ich auch nicht gerade ein schlechter, aber auch nie ein besonders guter Schwimmer. Ich schwamm zwar nicht ungern, vor allem an heißen Tagen. Doch hätte ich mich nie freiwillig auf einen Wettkampf eingelassen.

Der letzte Tag versprach, der schönste von allen zu werden. Ein Sommertag, so märchenhaft schön wie dieser heute. Wir hatten lange geschlafen und begaben uns dann wie üblich jeder dorthin, wohin er Lust hatte. Ich zog es vor, noch einmal ins Wasser zu gehen. Was mich bewog, die Grenze für geübte Schwimmer, die deutlich durch Bojen gekennzeichnet war, hinter mir zu lassen und mich ins offene Meer hinaus zu wagen, weiß ich nicht mehr. Vielleicht war es nichts anderes als ein Versehen. Ich hatte mich eine Weile auf dem Rücken treiben lassen und dabei nicht darauf geachtet, wo ich mich befand. Nie zuvor und nie wieder nachher habe ich mich beim so frei und wohl gefühlt wie an diesem Mittag. So war es denn auch eher das Zeitgefühl als das Nachlassen der Kräfte, was mich schließlich zur Umkehr bewog.

Nun aber erkannte ich mit jähem Erschrecken, wie weit ich mich inzwischen vom Strand entfernt hatte. Zugleich bemerkte ich, wie es mir zunehmend Mühe bereitete, gegen die Wellen anzukämpfen, von denen ich mich bis dahin einfach hatte treiben lassen. Langsam dämmerte mir der Ernst, genauer gesagt die Ausweglosigkeit meiner Lage: die Ebbe hatte eingesetzt und mich ein ganzes Stück weit mit sich ins offene Meer hinausgezogen. Keine Menschenseele, kein Schwimmer und kein Schiff, weder Schlauchboot noch Segler oder Fischkutter, befanden sich in meiner Nähe. Nur einige Möwen kreischten am Himmel. Um mich nichts als Wasser und Himmel, die in einander übergingen. Und die Tiefe unter mir. Schreien wäre sinnlos gewesen. Niemand hätte mich gehört. Je mehr ich verzweifelt versuchte, mich durch kräftige Bewegungen meiner Gliedmaßen warm zu halten, desto mehr empfand ich ihre Kälte und zunehmende Steifheit, desto schwerer fiel es mir, dem Sog der Wellentäler zu entkommen.

Irgendwann erfasste mich das tödliche Ermatten. Gewillt aufzugeben schloss ich die

Augen. Ich spürte, wie ich sank. Unheimliche Stille umgab mich bereits, als mir bewusst wurde, dass Ertrinken kein einfaches Erlöschen bedeutete. Das Ende im Wasser würde ein schreckliches Ringen um Luft sein. Davor erfasste mich Angst. So begann ich erneut zu kämpfen, arbeitete mich nach oben, obwohl ich mir hätte sagen müssen, dass es sinnlos war. Augen und Ohren verloren ihre Fähigkeit, mir dabei behilflich zu sein. Ich befand mich in einem merkwürdigen Zustand der Erschöpfung zwischen Erschlaffen und äußerster Anspannung. Schwer zu beschreiben – jedenfalls nicht das, was Sportler gemeinhin als Ausloten der eigenen Grenzen bezeichnen.

Mit einem Mal fühlte ich mich gepackt, dachte in meiner Verzweiflung, ein Hai wolle mich attackieren, obwohl doch mein Verstand sehr genau hätte wissen müssen, dass es Haie in der Nordsee nicht gibt – aber was bedeutet der Verstand in einer solchen Situation, in der das alles beherrschende Gefühl die Angst ist? Ich wehrte mich mit allen mir noch verbliebenen Kräften, fühlte mich hinabgezogen und war doch in Wirklichkeit derjenige, der hinabzog. Ich schnappte nach Luft und schluckte nur Wasser. Und irgendwann muss ich wohl das Bewusstsein verloren haben. Jedenfalls erinnere ich mich nicht weiter.

Was dann geschah, wird mir immer ein Geheimnis bleiben. Ich erinnere mich nur, dass mir nach einer Zeit, in der für mich die Zeit einfach aufgehört hatte, Zeit zu sein, etwas oder jemand einen Stoß gab und eine Stimme mich anbrüllte:

„Nun schwimm alleine! Du schaffst es!" Eine Welle erfasste mich. Und ich schwamm. Schwamm mit mechanischen, kraftlosen Bewegungen ohne etwas zu sehen außer Wasser und Himmel, bis ich irgendwann Boden unter den Füßen spürte und bibbernd vor Kälte und am ganzen Körper zitternd ans Ufer kroch, wo Fremde mich herauszogen, in Decken hüllten und mir etwas zum Trinken einflößten ...

Später erfuhr ich dann doch, was meine Freunde mir hatten verheimlichen wollen: dass der fremde Unbekannte, der mich auf nie zu klärende Weise entdeckt und bis wenige Meter vor das rettende Ufer gezogen hatte, im letzten Augenblick noch von einer riesigen Brandungswelle – vielleicht von derselben, die mir zur Rettung wurde - erfasst und offenbar untergegangen und nie gefunden worden war. Niemand hatte ihn gekannt, niemand ihn vermisst.

Die phantastischsten Dinge wurden von den Leuten gemutmaßt. Von illegalen Flüchtlingen, von einem ausgebrochenen und gesuchten Sträfling, ja selbst von einem Engel sollen einige Leute gesprochen haben. Und manchmal denke ich, sie hatten mehr Recht als sie selbst dachten. Manchmal lässt Gott sie auf ganz banale Weise eingreifen und ein Leben verändern, denke ich heute. Jedenfalls, der Gedanke setzte sich fest in mir: da war einer, der mir das Leben gerettet hatte ohne dass ich ihm meinen Dank hatte zeigen können, sogar ohne dass ich ihn darum bat.

Verstehen Sie nun, warum das, was ich jetzt an diesen Menschen tue, die Sie und die meisten Bürger Außenseiter nennen, für mich nach diesem Erlebnis eine Selbstverständlichkeit ist? Und dass es dabei nicht einmal eine Rolle spielt, ob diese sich überhaupt von mir helfen lasen wollen – und dass ich an dieser Stelle das Wort Dank nicht hören mag, verstehen Sie das?

Krause Tage

Tage gibt es, so dunkel und kraus,
dass nichts mehr scheint zu gelingen.
Dann schickt Gott zuweilen einen
Engel aus,
sie wieder in Ordnung zu bringen.

Nicht einen Engel in strahlendem Licht
mit Flügeln mit goldenen Rändern,
auch wallende Locken trägt er wohl nicht
und prangt nicht in seidnen Gewändern.

Am Abend schaut man erleichtert zurück,
versteht nicht, was einem geschehen,
stellt fest, man hatte mal wieder Glück –
doch den Engel hat keiner gesehen.

So kann man sich irren ...

Es war ein Wochenendwetter wie aus dem Bilderbuch. Michael und ich hatten uns am Freitag nach der Schule zu einer längeren Radtour am Samstagmorgen verabredet. Treffpunkt sollte wie immer der Glascontainer an unserer Straße sein. Da stand ich nun und wartete und war schon ziemlich sauer auf Michael und seine ständige Unpünktlichkeit, als ich ihn endlich entdeckte.

Er flitzte aber nicht wie sonst um die Ecke der kleinen Stichstraße, in der er wohnt. Er schob ganz gemächlich sein Fahrrad und sah sich dabei immer wieder um, als gäbe es da etwas Wichtiges oder Rätselhaftes zu entdecken. Verärgert und ungeduldig schwang ich mich schließlich auf mein eigenes Rad und strampelte ihm entgegen.

„Wie lange soll ich denn noch auf dich warten?" schimpfte ich.

Es sah aus, als habe er mich gar nicht gehört. Er blieb jetzt sogar stehen und blickte immer in dieselbe Richtung. Er schien nicht einmal bemerkt zu haben, dass ich bei ihm angelangt war.

„Bist du taub?" knurrte ich. Aber Michael fuchtelte aufgeregt mit den Armen herum, grinste und legte einen Finger auf die Lippen.

„Sieh dir bloß die Alte an! Die ist total besoffen!"

Nun sah auch ich es: eine kleine, alte Frau torkelte über den Bürgersteig und versuchte offenbar, sich an der Hauswand festzuhalten. Ich hatte schon öfter einmal einen Betrunkenen gesehen. Wenn wir aus der Schule kommen, lungern meist einige von ihnen am Marktplatz herum. Aber das sind meistens schlecht rasierte Männer mit Bier- oder Schnapsflaschen in der Hand oder neben sich. Diese Frau trug jedoch nur einen gewöhnlichen Einkaufsbeutel, der nicht aussah, als schleppe sie darin ein paar Flaschen mit sich herum. Schwer schien er allerdings zu sein; denn ab und zu stellte sie ihn hin und stützte sich an der Wand.

„Boh, so eine alte Frau", sagte ich und schüttelte mich ein bisschen, „Und am Morgen schon sturzbetrunken!" Betrunkene kann ich nicht leiden. Ich ekle und fürchte mich vor ihnen.

Michael hatte damit weniger Schwierigkeiten. Ihm machte das nichts aus. Neugierig schob er sein Rad in ihre Richtung.

„Ach komm", sagte ich und wollte ihn zurückhalten, „Die will bestimmt zu der Kneipe da vorne!"

Plötzlich fasste Michael mich am Arm.

„Still", flüsterte er, „Hast du nicht gehört? Das klang, als wolle sie etwas sagen." Ich wehrte ab.

„Das hat nichts zu sagen, Betrunkene reden oft so vor sich hin."

In diesem Augenblick sackte die Frau in sich zusammen und schlug mit dem Kopf gegen die Hauswand. Zugleich erklang etwas wie ein mühsames Stöhnen.

„Jetzt hat sie sich aber wehgetan", meinte Michael. Wir sahen einander an. Wie gesagt: ich ekelte mich immer vor Betrunkenen. Aber in diesem Fall überwand ich meine Abneigung und sagte erschrocken:

„Da müssen wir doch helfen!"

Wir fuhren hin, es waren ja nur ein paar Meter. Kurz vor ihr warfen wir unsere Räder auf den Bürgersteig, der um diese Zeit völlig leer war. Ich beugte mich als Erster zu ihr. Sie sah ganz seltsam aus: ihr Gesicht war weißgrau und die blauen Lippen halb geöffnet. Aber es sah nicht aus, als wolle sie etwas sagen oder auch nur, als bemerke sie uns. Ich war mir nicht sicher, ob sie überhaupt noch atmete.

„Was ist mit Ihnen? Können wir Ihnen helfen?" fragte Michael. Sie antwortete nicht. Mir wurde ganz mulmig zumute.

Sie roch nicht wie die Männer am Markt, stellte ich fest. Auch Michael musste Ähnliches bemerkt haben..

„Ich glaube nicht, dass die einen sitzen hat", flüsterte er mir zu, „Meinst du, dass sie tot ist? Oder ohnmächtig?"

Ich hatte noch nie einen Toten und auch noch keinen Ohnmächtigen gesehen.

„Vielleicht!", antwortete ich und hoffte, dass sie nur ohnmächtig sei, „Was macht man denn da?" Und sogleich, ehe Michael noch etwas erwidern konnte, hatte ich mir schon mein Rad geschnappt und raste nach Haus

„Einen Arzt holen natürlich!" brüllte ich ihm zu.

Meine Mutter schimpfte schon über mein Gepolter auf der Treppe. Ich keuchte nur ganz aufgeregt:

„Ich muss telefonieren. Wir brauchen einen Notarzt. Eine alte Frau da vorne auf der Straße ..."

Sofort hörte sie mit ihrem Lamentieren auf, griff selbst zum Telefon, neben dem sie gerade stand und wählte den Notruf. Ich riss ihr den Hörer aus der Hand und berichtete, was wir gesehen hatten, nannte den genauen Ort und raste wieder nach unten.

Als ich bei Michael ankam, stand er noch immer hilflos neben ihr.

„Wir müssen sie auf die Seite legen", meinte er.

Sein Bruder machte gerade einen Erste-Hilfe-Kurs; da hatte er so etwas mitbekommen. Wir fassten beide an. Die Frau war nicht schwer. Als sie ganz leise stöhnte, atmeten wir erst mal auf. Sie lebte also noch. Michael zog seinen Anorak aus und deckte sie damit zu.

Es schien mir endlos zu dauern, bis endlich der Notarzt kam und gleich dahinter der Krankenwagen. Der Arzt fasste nach ihrem Puls, tätschelte ihr die Wangen und redete auf sie ein. Er seufzte und machte ein bedenkliches Gesicht.

„Sie muss sofort ins Krankenhaus", sagte er, „Wisst ihr, wer sie ist?"

Wir hatten sie beide noch nicht gesehen. Vielleicht war sie nicht einmal von hier.

„Wir kennen sie nicht", sagte Michael, „Wir haben sie hier nur gefunden."

„Gut", sagte der Arzt, setzte ihr eine Spritze und winkte den Sanitätern. Die hoben sie behutsam auf eine Bahre und in den Krankenwagen. Der Arzt stellte sich daneben.

„Ihre Tasche", sagte Michael, als der Fahrer einsteigen wollte und reichte ihm den Beutel.

„Danke", meinte der, „Vielleicht hat sie ja irgendwelche Papiere darin."

Und der Sanitäter klopfte uns anerkennend auf die Schultern und meinte:

„Ihr kamt genau als rettende Engel daher. Möglicherweise habt ihr der alten Frau das Leben gerettet."

„Engel – wir?" lachte Michael ihn aus.

„Und wir dachten, sie sei besoffen", sagte ich, als er schon mit Blaulicht davonbrauste.

Mein Engel

Letzte Nacht im Traum
hab ich ihn gesehen:
Er schwebte
über die Berge.

Seine Honiglippen
schmolzen lautlos
im Mondlicht.

Aber sein Duft
erfüllte alle Räume
meines Hauses
und das Zimmer
in dem ich schlief.

Als ich erwachte
umhüllte er mich
rätselschwer
noch lange
und ein Glanz
- nie gesehen –
ließ das Dunkel
leuchten

Der Gast

Der alte Zürcher gehörte mit seiner Familie einer kleinen evangelischen Freikirche an, deren Mitglieder zumindest in seiner Zeit vor allem in Süddeutschland zumeist in einsamen Gehöften lebten , wo sie sich bemühten, ein „ruhiges, stilles und gottseliges Leben" im Sinne ihres Schriftverständnisses zu führen. Obwohl sie in der Regel auch am Leben der evangelischen Kirchengemeinden, zu denen ihr jeweiliges Gehöft gehörte, Anteil nahmen, kamen und kommen sie noch heute außerdem regelmäßig in mehrwöchigem Abstand in ihren turmlosen Bethäusern zusammen, die sie in der Regel in einem ihrer Gehöfte errichtet haben, um dort ihre eigenen Gottesdienste nach eigenen Regeln und vor allem ihre Taufen zu feiern.

Durch die weite Zerstreuung der kleinen Schar bedeutete eine Teilnahme am Gottesdienst zu einer Zeit, als noch kaum jemand ein Auto besaß, für die meisten Gemeindeglieder einen oft mehrere Stunden dauernden Weg zu Fuß oder mit der Pferdekutsche auf sich zu nehmen.

So war es für die in der Nähe des Bethauses Wohnenden - und zu diesen zählten sich auch die

Zürchers – üblich, die Auswärtigen, bei denen es sich zumeist sogar um mehr oder weniger entfernte Verwandte handelte, zum anschließenden Mittagessen einzuladen, das immer einen festlichen Charakter hatte. Nur zu dieser Gelegenheit wurde der Tisch mit echtem Porzellan gedeckt auf kostbarem Leinenzeug, das sich oft schon seit Generationen im Familienbesitz befand und zumeist von einer Ahnfrau persönlich gesponnen worden war.

Es war die Zeit, da im fernen Berlin eine Regierung die andere ablöste und die Nachwehen eines Freitags in New York, der als der Schwarze in die Geschichte des 20. Jahrhunderts einging, sich auch in Deutschland auszuwirken begannen. Doch über Politik und die große Weltwirtschaft sprach man wenig beim Essen an den Kirchensonntagen. Von den Vorgängen an der Wallstreet hatten vermutlich weder Johannes Zürcher noch die meisten seiner Gäste je etwas gehört. Sie hätten sich auch unter einem Börsenkrach – und die Meisten von ihnen wahrscheinlich schon unter einer Börse überhaupt – kaum etwas vorstellen können. Einfach mit Geld neues Geld zu machen, das war etwas, was ihrer Meinung nach ein rechter Christ nicht tat. Von solchem Teufelswerk hielten sie sich fern. Wie andere damit lebten und Gewinne machten, war deren Sache.

Ihrem Interesse entging vermutlich auch das zahlenmäßig immer mehr anschwellende Heer der Arbeitslosen, in dem es in den Städten gefährlich zu brodeln begann. Ihnen selbst fehlte es nie an Arbeit. Dass es gesunde Menschen gab, die gerne gearbeitet hätten, wenn einer ihre Hände oder ihren Verstand gebraucht und entsprechend hätte bezahlen können, solche Gedanken waren den meisten von ihnen so fremd wie die von dem selbst arbeitenden Geld.

Da man nie im Voraus sagen konnte, wer von den gerade anwesenden auswärtigen Gottesdienstbesuchern diesmal mit zum Essen kommen würde, wurde der große Tisch im Wohnzimmer so weit wie möglich ausgezogen, so dass er fast von einer Querwand bis zur andern reichte. An der Stirnseite gegenüber der Tür war der Platz des Hausherrn, dahinter gerade noch so viel Platz, dass einer hindurchschlüpfen konnte zu seinem Platz. An einem schmalen Tisch an der andern Längswand saßen die Kinder. Nie, so lange die Enkel sich erinnern konnten, hatte jemand keinen Platz gefunden.

Immer aber stand seit Menschengedenken an der Stirnseite gegenüber dem Familienoberhaupt ein stets unbenutztes Gedeck. Wenn während oder nach der Suppe noch ein verspäteter Gast eintraf und alle andern Plätze bereits besetzt waren, rutschte man eben zusammen und jemand holte aus der Küche einen Hocker und ein weiteres Gedeck herein, notfalls aus Steingut, wie es die Woche über benutzt wurde. Aber das eine Gedeck aus makellosem Porzellan dem Hausherrn gegenüber wurde immer wieder sauber abgeräumt. Auch der Lehnstuhl davor, der einzige im Haus außer dem des Großvaters. blieb immer unbenutzt.

„Warum sitzt denn nie jemand auf diesem Platz?" fasste sich am Himmelfahrtstag Veronika, die älteste Enkelin, ein Herz zu fragen, als alle andern aufgestanden waren und sie sich einmal allein mit dem Großvater im Zimmer befand. Der schien darüber verwundert zu sein.

„Verstehst du das wirklich nicht?" fragte er, „Wir beten doch immer vor dem Essen: Komm, Herr Jesus, sei du unser Gast ..."

Nun war es Veronika, die sich wunderte. Natürlich kannte sie das Gebet. So lange sie sich erinnern konnte, sprach sie es zu Hause jeden Mittag und Abend im Wechsel mit ihrer jüngeren Schwester und hatte sich immer schon insgeheim gewundert, warum denn hier ausgerechnet der

Älteste, eben der Großvater, es sprach. Aber da der Onkel, der im Haus verbliebene Bruder ihres Vaters, keine Kinder hatte und die Enkel doch immer nur Gäste waren, hatte sie sich das auf diese Weise selbst zu beantworten versucht.

„Meinst du denn, dass er wirklich hierher kommen könnte?" fragte sie jetzt unsicher zurück und fuhr fort: „Aber das geht doch nicht. Du hast doch selbst gerade im Gottesdienst vorgelesen, dass er jetzt im Himmel ist."

Der Großvater sah sie fast feierlich an.

„In der Schrift steht aber auch, dass er eines Tages wiederkommen wird", sagte er, „Irgendwann eines Tages, unangemeldet, ganz einfach so. Und vielleicht gerade dann, wenn keiner so recht mit ihm rechnet."

„Und darum ...?" fragte Veronika, noch immer verwirrt, „Darum stellt ihr immer einen Teller für ihn hin?"

„Genau das", lächelte der Großvater, „Du hast mich ganz richtig verstanden. So haben es schon unsere Vorväter in der Schweiz gehalten. Immer muss das beste Gedeck für ihn bereit sein und der bequemste Stuhl, damit er einen Ehrenplatz findet, wenn er kommt - oder auch einen seiner Engel schickt."

„Auch an Wochentagen?" fragte Veronika.

ungläubig; denn sie kannte ja den Großvater und sein Haus nur von Sonntagen her und schätzte, dass auch bei ihm wie in den meisten Bauernhäusern, die sie kannte, nur am Sonntag das Essen in der Stube eingenommen wurde.

„Immer", versicherte er etwas verlegen, „Wenigstens den Teller stellen wir hin. Den Stuhl kann man dann immer noch holen."

„ ... Oder schnell im Wohnzimmer decken, wenn es nicht zu kalt dazu ist", ergänzte Veronika. Dann schwiegen beide eine Weile.

„Meinst du, dass er nur einmal kommt?" fing Veronika dann wieder an, „Oder kann es sein, dass er mehrmals erscheint? Und dass er oder einer seiner Engel schon einmal hier war und ihr habt ihn gar nicht erkannt? So wie Maria Magdalena am Ostermorgen. Weißt du denn, wie er aussieht?"

Sie passte immer gut auf, wenn der Großvater oder ein anderer die Geschichten vorlas und sie behielt sie danach. In der Regel freute sich der Großvater darüber und gelegentlich lobte er sie sogar deswegen. Jetzt aber sah es aus, als sei er erschrocken über ihre Fragen. Er räusperte sich und zog verlegen die Schultern hoch.

„Kann sein, dass du Recht hast", antwortete

er nach einer Weile unsicher, „Ich hoffe nicht, dass wir ihn nicht erkannten. Aber wie er aussieht, - das hast du richtig verstanden, - das weiß keiner genau." Dann schien er seinen eigenen Gedanken nachzuhängen und Veronika schlich sich leise hinaus zu den andern Kindern, die schon auf sie warteten, während der Großvater sich im Sessel zurücklehnte zum Mittagsschläfchen.

Beim nächsten Gottesdienst saß sie so, dass sie den Großvater beobachten konnte. Diesmal las er nicht selbst aus dem heiligen Buch, sondern einer der andern alten Männer. Sie schienen sich abzuwechseln. Von dem Vorgelesenen verstand sie am Anfang nicht viel, wie das bei Achtjährigen so ist, wenn lange Epistel gelesen werden.

Der Großvater stand blass und müde an seinem Platz und erschien ihr auf einmal so erschrocken wie damals, als sie ihre Befürchtungen aussprach über den vielleicht nicht erkannten Herrn oder einen seiner Engel. Der Großvater schien nicht wie sonst andächtig zu lauschen, sondern wie einer, der nicht bei der Sache ist, blickte er immer gespannt zur Tür als erwarte er noch einen verspäteten Besucher, obgleich der kleine Raum bis zum letzten Platz gefüllt war und eigentlich alle, die dazu gehörten, auch anwesend waren.

Beim Tischgebet klang seine Stimme brüchig und unsicher wie nie. Seine Unruhe schien sich auf die Gäste zu übertragen.

Merkwürdig schweigsam begannen sie alle ihre Suppe zu löffeln, als es unvermittelt kräftig an die Zimmertür pochte. Das war an sich nichts Besonderes. In allen Bauernhäusern stand die Haustür stets offen, wenn sich jemand im Hause befand. Wer kam, trat in den Flur und klopfte an eine Tür, ein Fremder meist an die, hinter der sich etwas zu regen schien. Aber diesmal zuckte der alte Zürcher zusammen und sah wie schlaftrunken um sich.

„Herein!" rief er in seltsamer Erregung. Noch als alte Frau verspürte Veronika, wenn sie daran dachte, die Spannung, die rasch Kinder und Erwachsene in gleicher Weise erfasst hatte und die zugleich in Enttäuschung umschlug. Alle starrten mehr oder weniger empört auf den hohlwangigen Zerlumpten, der dort stand und gierige Blicke auf die dampfenden Teller warf. Keiner jedoch sagte etwas. Alle warteten auf den Großvater, dessen Aufgabe als Patriarch der Familie es doch nach allgemeiner Auffassung war, den Störenfried in seine Schranken zu weisen. Einen Augenblick sah es so aus, als erwäge er das auch.

Nicht, als ob er jemals einen Notleidenden abgewiesen hätte. Immer war in seinem Haus wenigstens eine kleine Mahlzeit für einen „Handwerksburschen" übrig, wie man die fahrenden Gesellen damals in seiner Gegend nannte, die sich allerdings selten genug auf den weit außerhalb des Dorfes gelegenen Hof verirrten, eher schon Gestalten, in denen man gleich beim ersten Blick den Vagabunden oder Tagedieb, wenn nicht gar Schlimmeres, erkennen konnte. Aber auch sie schickte er nicht weg. Jeder, der hungrig war, bekam etwas.

Eine Mahlzeit – ja. Aber doch bitteschön so, wie es sich gehörte: im Flur auf einer Treppenstufe, allenfalls im Winter, wenn es kalt war, in der Küche, wenn die andern fertig waren und der Bittsteller einen halbwegs sauberen Eindruck machte. Aber doch nicht ein so verkommenes, stinkendes Subjekt wie der, der jetzt an der Tür stand zum festlich gedeckten Wohnzimmer am Sonntag!

Feierlich wie im Bethaus erhob sich Johannes Zürcher. Seine Lippen bewegten sich; aber kein Wort drang aus ihnen. Es war, als habe irgendetwas oder jemand ihm die Sprache verschlagen.

„Herr!" war das Einzige, das Veronika zu verstehen glaubte, als er mit wankenden Schritten sich zwischen den beiden Tischen hindurch zur Tür hin bewegte und mit ausgebreiteten Armen auf den Unbekannten zu wankte, dessen nicht gerade saubere Hand ergriff und ihn auf den leeren Platz gegenüber seinem eigenen führte.

„Was soll das?" fragte der Stromer halb belustigt und halb verärgert, „Wollen Sie mich vor all den Leuten da veräppeln?"

„Bleib bitte! Komm und iss mit uns!" antwortete der Hausherr mit zitternder Stimme, griff unter dem betretenen Schweigen der Tafelrunde persönlich zur Schöpfkelle, - was er nie in seinem Leben getan hatte; denn das war, zumindest gegenüber Gästen, Frauenarbeit, - und füllte dem Fremden den Teller. Der ließ sich denn auch gar nicht erst nötigen und begann ohne weiteres Zureden genüsslich zu schlürfen, während der alte Zürcher mit jetzt fast jugendlich federnden Schritten an seinen Platz zurückkehrte.

Dort fragte er wie üblich die Gäste nach ihrem Eindruck von der Predigt des Morgens, von der er selbst diesmal kaum etwas behalten zu haben schien. Mehr oder weniger einsilbig kamen einzelne zögernde Antworten. Ein richtiges lebhaftes Gespräch wie sonst ergab sich diesmal nicht. Irgendetwas lag beklemmend auf allen.

Der Fremde schien nicht zuzuhören. Er flegelte sich an seinen Platz und betrieb die Schlürferei so lauthals und ungeniert, dass dem einen oder andern Gast vollends der Appetit verging, reichte dann der Magd, die auf einen Wink des Hausherrn hin neben ihn getreten war, die geleerte Suppenschale und ließ sich die duftende Hauptmahlzeit auf den flachen Teller legen und den Römer mit Wein füllen. Der alte Zürcher stand auf und erhob sein eigenes Glas in seine Richtung.

„Zum Wohl!" sagte er, wieder in diesem ungewohnt feierlichen Ton. Widerstrebend folgte einer der übrigen Gäste nach dem andern seinem Beispiel, während der Fremde sich mit einem Mal immer weniger wohl zu fühlen schien in seiner Haut.

„Lass dich nicht aus der Ruhe bringen", beschwichtigte ihn der Hausherr über die lange Tafel hinweg wie einen vertrauten Freund, „Iss dich ruhig satt, Herr, du hast sicher noch einen weiten Weg vor dir."

Alle starrten ihn an. „Du" und „Herr" – das konnte nur ein Verrückter in einem Atemzug sagen. Das schien sogar der Fremde zu spüren. Er stürzte den Wein hinunter und verschlang ein

Riesenstück des Bratens. Dann verließ er, auf beiden Backen kauend, fluchtartig den Raum, während der alte Zürcher gleichsam in sich zusammensank und das Gesicht mit den Händen verhüllte. Ein trockenes Schluchzen schüttelte ihn.

„Jeden Tag meines Lebens", stöhnte er schließlich völlig verstört, „Immer wieder habe ich darum gebetet, dass er als unser Gast zu uns kommt, habe auch meine Kinder dazu angehalten – gewohnheitsmäßig, wie man halt seit Jahrhunderten so betet. Aber ich dachte dabei so wenig wie wahrscheinlich ihr alle daran, dass unser Herr eines Tages wirklich eintreten würde – bis vor ein paar Wochen. Und heute ...Was habe ich nur getan, dass er so schnell wieder verschwand?"

Er wollte weiter reden. Aber es wurde nur ein klägliches Wimmern daraus. Keiner versuchte eine Antwort. Verlegen stand einer nach dem andern auf und ging hinaus, den alten verstörten Mann allein zurücklassend. Nur Veronika erinnerte sich an ihr letztes Gespräch und schlich sich an ihn heran.

„Meinst du, dass er das war?" flüsterte sie ihm ins Ohr, obgleich sie wusste, dass er schwer hörte, „Oder ein Engel?"

„Vielleicht", antwortete der Großvater leise und unsicher, dass auch das Kind ihn kaum verstehen konnte.

Es war das letzte Gespräch zwischen den Beiden und Veronikas letzte Erinnerung an den Großvater überhaupt. Er sei plötzlich kindisch geworden, sagten die Erwachsenen hinter vorgehaltener Hand.

Als Veronika ein paar Tage später aus der Schule kam, erzählte die Mutter mit verweinten Augen, der Großvater sei gestorben. Ohne vorher krank zu sein. Am Abend sei er wie immer zu Bett gegangen und am Morgen einfach nicht mehr aufgewacht. Ganz einfach so, ohne ein Zeichen, das die Andern hätte hellhörig machen können. Ganz friedlich, fast fröhlich habe er in seinem Bett gelegen, als der Onkel ihn fand.

Veronika hörte es erschrocken. Aber seltsamerweise empfand sie keinen Schmerz und keine Trauer, obgleich sie den Großvater doch so sehr geliebt hatte. Sie konnte es nicht begreifen und bemühte sich, zu weinen. Aber es gelang ihr nicht.

Als dann ihre kleine Schwester das Tischgebet zu sprechen begann mit den vertrauten Worten „Komm, Herr Jesus, sei du unser Gast ...", da glaubte sie, alles zu verstehen..

Engel heute

Nicht auf den Flügeln der Winde
schweben die Engel daher.
Sie gehen auf irdischen Füßen.
Und manchmal seufzen sie schwer.

Sie haben gewöhnliche Namen
und Gesichter wie unsereins.
Von göttlichen Herrschaftszeichen
tragen sie sichtbar keins.

Willst einen Engel du sehen,
blick dir zur Seite nur:
Wo Menschen sich liebend verströmen,
triffst du der Engel Spur.

Vielleicht bist du selber einer,
durch den Gott zu den Menschen spricht
und gehst deinen Weg zwischen ihnen
segnend und weißt es nicht.

Lichtzeichen

Es sollte wie jedes Jahr der Höhepunkt der Freizeit werden und zugleich ihr offizielles Ende: die traditionelle Nachtwanderung, für die Carlo, der Freizeitleiter, wie immer den letzten Abend ausgesucht hatte, weil auf der anschließenden langen Rückfahrt Zeit und Gelegenheit gegeben war, den verlorenen Schlaf nachzuholen. Bisher hatte das auch immer bestens geklappt. Sogar das Wetter hatte in jedem Jahr mitgespielt.

Viel hatten die Erfahrenen, die schon mehrmals an solchen Freizeiten teilgenommen hatten, den Neulingen schon erzählt, Wahres und Übertriebenes und vielleicht auch da oder dort einfach Erfundenes. Der Zweck ihrer Flunkereien und Aufschneidereien war erreicht: sie hatten die Neuen darauf neugierig gemacht.

Die Dämmerung brach hier in Frankreich, wo die Freizeit in diesem Jahr stattfand, früher herein als in Schweden, wo sie die meisten der letzten Freizeiten verbracht hatten und wo es im Grunde genommen nie so ganz richtig Nacht wurde um die Mittsommerzeit. Diesmal würde es würde also eine richtige Nachtwanderung in der Finsternis werden.

Manche warteten schon ganz kribbelig das Abendbrot ab, nach dem es losgehen würde.

„Immer in Sicht-, aber wenigstens in Hörweite bleiben", hatte Carlos ihnen beim Weggehen eingeschärft. Bald zeigte sich, wie wichtig diese Ermahnung war. Der Start verzögerte sich etwas, weil einige doch mit ihrem Einpacken noch nicht richtig fertig waren, obgleich dafür eigentlich genug Zeit eingeplant gewesen war. Aber da der Omnibus, der sie am nächsten Morgen abholen sollte, für seine Pünktlichkeit bekannt war, hatte Carlos schließlich nachgegeben.

Das erste Stück des Weges begann gerade noch beim letzten Tageslicht. Der Weg stieg ziemlich steil an. Aber die Vorderen legten ein forsches Tempo vor als wollten sie beweisen, um wie viel sie in den vergangenen drei Wochen ihre Fitness verstärkt hatten. Trotzdem senkte sich die Sonne bereits zum Horizont, als die Ersten den Waldrand erreichten. Eine halbe Stunde später sammelte Carlos alle, auch die paar Nachzügler, an einer Wegkreuzung zur ersten Rast und wiederholte seine bereits zu Beginn ausgesprochene Mahnung, zusammen zu bleiben.

Kaum dass sie in den dichten Wald eingetreten waren, begriffen auch die Letzten, wie wichtig diese Vorsichtsmaßnahme war; denn es wurde rasch dunkel und die Wege, die sie gingen, keineswegs breit und bequem. Carlos hatte auf festem Schuhwerk bestanden. Auch das sahen sie ein. Hier und da schaltete einer oder eine einen CD-Player ein.

„Nicht zu laut", bat Carlos und legte den Finger auf die Lippen, „Verschreckt mir nicht das Wild!" Leise plaudernd ging es nunmehr auf ebener Strecke weiter. Ab und zu blieben die Vordersten stehen, zählten durch.

„Albern, diese Zählerei", knurrte Sascha, der mit Julia etwas hinterher zockelte, „Wir sind doch keine kleinen Kinder mehr!" Julia kuschelte sich in seinen Arm, entzog sich ihm jedoch bald wieder.

„Zu holperig zum Einhängen", sagte sie.

Mittlerweile war es richtig dunkel geworden. Es war eine mondlose Nacht und die Wege, die Carlos sie führte, romantisch und aufregend zugleich. Ab und zu knackte es neben, vor oder hinter ihnen verdächtig im Unterholz. dass auch die Mutigsten erschraken.

„Gibt es hier Wildschweine?" fragte jemand. Carlos zog die Schultern hoch, was jedoch keiner sah.

„Ich glaube nicht." Sehr beruhigend klang das nicht gerade... Allmählich wurden die Unterhaltungen leiser. Das Interesse der Meisten konzentrierte sich auf den Weg. Vielleicht machte auch eine erste Müdigkeit sich breit. Kaum merklich verlangsamten die Vordersten ihr Tempo. Mit einem Mal schrie ein Nachtvogel. Etwas flatterte fast lautlos über ihre Köpfe hin. Fledermäuse wahrscheinlich. Einmal glaubte jemand, einen Uhu gehört zu haben.

„Ich weiß nicht, ob es hier welche gibt", meinte Carlos. Nun versuchte in kürzeren oder längeren Abständen der eine oder andere der Teilnehmer, eine Eule nachzuahmen. Irgendwann fragte jemand:

„Wie spät ist es?"

„Längst Mitternacht vorbei", antwortete Carlos.

„Kann ich mir denken", klang es beleidigt zurück.

Sie legten eine längere Pause ein und packten ihre Verpflegung aus.

„Wie weit ists jetzt noch?" fragte einer der Jungen vorsichtshalber, ehe er den letzten Zug aus seiner Feldflasche nahm.

„Den größten Teil haben wir hinter uns", versicherte Carlos, „Ich schätze, noch gut zwei Stunden. Vielleicht auch eine halbe mehr – je nachdem, wie zügig wir gehen."

Einige stöhnten oder knurrten.

„Hab ich euch doch zu viel zugemutet?" fragte Carlos erschrocken. Keiner antwortete.

„Na gut, wir können auch etwas abkürzen.", schlug er vor, „Aber passt auf, dass wir einander nicht verlieren!" Fast schweigend brachen sie wieder auf.

„Eigentlich reicht mirs jetzt bald", maulte Julia nach einer Weile, als es wieder bergauf ging. Sie gehörte nicht gerade zu den Sportassen in ihrer Klasse und hatte auch in der Freizeit nicht gerade mit besonderen sportlichen Leistungen geglänzt.

„Wir gehen einfach ein bisschen langsamer", schlug Sascha vor, „Wir hören ja die Andern noch"

Hand in Hand trotteten sie weiter. Ab und zu schwatzten sie, nichts Weltbewegendes, was man halt so einander zuflüstert, wenn man jung und zum ersten Mal ein kleines bisschen verliebt und beinah allein ist in der Nacht. Auf einmal blieb Julia stehen.

„Ich fürchte, wir haben die andern verloren", flüsterte sie. Sascha lachte sie aus.

„Weit können sie noch nicht sein. Du hörst doch die Käuzchenschreie noch." Sie lachte bitter.

„Wo denn? Hör doch mal genau hin! Die rufen von allen Seiten. Das sind keine Jungen. Das sind echte Eulen." Jetzt wurde es auch Sascha unbehaglich.

„Wir müssen doll getrödelt haben" erschrak er.

„Also Extratempo!" stöhnte Julia. Sie keuchten bergan, immer demselben holperigen Weg nach, immer bergan. Sie konnten nicht sagen, wie lange. Mit einem Mal hörte der Weg auf. Hörte mitten im Wald einfach auf.

„Das ist doch nicht möglich!" schimpfte Sascha, „Ein Holzweg!"

„Aber wo sind die andern?" überlegte Julia, „Die müssen doch auch hier gewesen sein ..."

„Oder vorher abgebogen, ohne dass wir es merkten."

„Aber wo? Und wie finden wir sie jetzt?"

„Kein Problem für moderne Menschen", beruhigte Sascha, „Wozu hat man schließlich ein Handy?" Er kramte immer unruhiger in seinen Jackentaschen.

„Mist!" schimpfte er schließlich laut ohne Rücksicht auf irgendwelches Waldgetier, „Fehlanzeige! Ich habe es schon eingepackt! Wer denkt denn auch an so was?"

Julia zitterten nicht nur die Lippen. Am liebsten hätte sie losgeheult. Gut, dass Sascha es in der Dunkelheit nicht sehen konnte.

„Und was machen wir jetzt?" fragte sie ratlos. Es würde noch eine Weile dauern, bis es tagte. Auf einmal stieß sie Sascha aufgeregt an.

„Schau mal! Da vorne! Ein Licht!"

„Wo denn?" Sascha pfiff verächtlich durch die Zähne.

„Du spinnst wohl. Ein Licht mitten im Wald?" Aber pflichtgemäß sah er sich um. Nach einer Weile entdeckte auch er es. Ein schwacher Lichtschein schimmerte seitwärts durch die Bäume. Ganz schwach. Fast wie von einer flackernden Kerze. Oder einem umhergeisternden Taschenlampenkegel.

„Wer weiß, was das ist?" meinte er skeptisch. Doch Julia drängelte.

„Komm, lass uns darauf zugehen!"

„Auf diese ungewisse Helligkeit? brummte Sascha.

„Hast du eine bessere Idee?" Er gab sich geschlagen.

Sie hasteten in Richtung Licht. Aber da war kein Weg, kein Pfad. Nur lichtes Unterholz, durch das sie immerhin sich durchkämpfen konnten, immer das Lichtzeichen im Auge.

„Glaubst du an Schutzengel?" fragte Julia nach einer Weile unvermittelt. Er zuckte die Schultern. Aber das konnte sie nicht sehen.

„Ich weiß es nicht. – Warum fragst du?"

„Nichts. Nur so."

Sie stolperten voran. Kleine Äste knackten unter ihren Tritten; sie fragten nicht danach. Sie hasteten weiter. Aber unvermittelt erlosch plötzlich das Licht.

Sie gewahrten es mit Schrecken. Doch in diesem Augenblick tat sich eine kleine Lichtung vor ihnen auf. Vor dem nächsten Waldstück nahmen sie in der Dunkelheit ein kleines Gebäude wahr.

„Sieht wie eine Kapelle aus", schätzte Julia, die offenbar die besseren Augen hatte, zumindest im Dunkeln.

„Könnte das Licht von daher gekommen sein?" überlegte sie. Sascha befreite sich gerade von einem Dornenzweig, in dem er sich verfangen hatte. Aufgeregt deutete Julia nach vorn.

„Der Engel! Siehst du den Engel nicht?" Er lachte sie wieder einmal aus. „Sei bloß still! Jetzt siehst du schon Gespenster." Aber Julia blieb bei ihrer Beobachtung.

„Dort, an der rechten Ecke! Wo der Jungwald anfängt. Siehst du ihn immer noch nicht? Jetzt bewegt er sich!"

„Sicher dein Schutzengel", spottete er.

„Denk, was du willst! Ich sehe nach", schrie sie ihn an.. Und ohne seine Reaktion abzuwarten lief sie auf das Gebäude zu. Er folgte ihr ärgerlich.

„Er ist weg", flüsterte sie enttäuscht, als sie näher kamen. Sascha achtete nicht auf sie und ging direkt auf die Mitte zu, wo er vermutete, dass sich so etwas wie ein Portal befinden musste.

„Vielleicht ist es hier etwas windgeschützt."

Er fand tatsächlich, was er suchte.

„Na bitte!" staunte er und drückte die quietschende Klinke nieder, „Offen!" Es ging zwar mühsam; aber die schwere Eichentür öffnete sich. Im selben Augenblick schrie er auf.

„Autsch!" schimpfte er und leckte an seiner Hand, „Verdammt brüchiges Holz hier!"

„Was ist los? Hast du dich verletzt?" fragte Julia und zückte ihre Papiertaschentücher.

„Danke, es geht schon", sagte er und wickelte gleich zwei um die blutige Hand. Vorsichtig trat er ein. Julia folgte ihm auf den Zehenspitzen.

„Ich bin so müde"; flüsterte sie ihm ins Ohr, „Ich kann nicht mehr. Lass uns hier schlafen."

„Und die andern? Wenn die uns suchen? Hier finden sie uns bestimmt nicht."

„Weißt du einen besseren Rat? Es ist doch völlig sinnlos, jetzt und hier die Gruppe zu suchen. Ich jedenfalls habe keine Ahnung, wo wir sind. Du etwa?"

„Ohne Karte und Licht? Na, komm schon. ich bin auch müde." Er tastete sich vor zum Gestühl.

„Buh! Die Bänke sind schmal. Zu schmal zum Hinlegen. Und hart außerdem."

„Für dich bestimmt", kicherte sie leise, „Komm, wir gehen weiter. Vielleicht liegt vor dem Altar sogar ein Teppich. zum Wärmen. Ich friere nämlich."

Sie schnatterte vor Kälte.

„Klar", sagte er, „Aufregung, Müdigkeit – und dann die Angst." Sie puffte ihn in die Rippen..

„Von wegen Angst! Sag das nicht noch einmal."

Vorsichtig hangelten sie sich an den Bänken vorbei und stiegen die beiden Stufen zum Altar hinauf.

„Sogar so etwas wie ein Flokati", stellte Julia begeistert fest, „Schön weich. Den können wir um uns schlagen wie eine Decke. Das ist sicher keine Schändung eines Heiligtums."

„Wäre mir auch egal", brummte Sascha vor sich hin. Wie Mehlsäcke ließen sie sich nieder plumpsen und hüllten sich ein. Nach wenigen Minuten schliefen beide tief und fest. Als es draußen langsam hell zu werden begann, fuhr Julia erschrocken hoch und riss Sascha am Arm.

„Hörst du nicht? Da sind doch Schritte!"

„Du spinnst", knurrte Sascha und drehte sich auf die Seite. Julia lauschte gespannt in die Dämmerung. Die Schritte, wenn es welche waren, entfernten sich. Nur der Morgenwind rauschte in den Bäumen.

Eigentlich beruhigend, dachte Julia. Wenn da nicht in der Ferne das merkwürdige Stöhnen wäre. Es klang zwar, als entferne es sich. Aber das unheimliche Gefühl blieb.

„Komm, es wird hell. Wir müssen aufstehen und sehen, wo wir sind", schüttelte sie Sascha, „Die andern suchen uns wahrscheinlich längst. Gleich nach dem Frühstück kommt doch schon der Bus."

Irgendwo heulte ein Auto auf.

„Da muss nicht weit von hier eine Straße sein!" fuhr Sascha hoch und schlug den Teppich zurück, „Du hast Recht! Komm, lass uns nachsehen! Eine Straße führt bestimmt zu einem Ort. Und an jedem Ort gibt es heute ein Telefon." Sie verließen die Kapelle. Julia rieb sich die Augen, als sie die Ecke erreichten, wo sie in der Nacht den Engel gesehen hatte.

„Sag mal, das sind doch frische Fußspuren!" stellte sie fest und schüttelte sich im Nachhinein vor Angst, „Da war also doch jemand hier vorhin."

„Vielleicht ein Jäger?"

„Ein Jäger nachts an der Kapelle?" Julia tippte sich an die Stirn und musterte im fahlen Licht des ersten Morgens die Fährten.

„Das war nicht nur einer. Das sind doch Fußabdrücke von mehreren Leuten!"

„Vielleicht eine Jagdgesellschaft", knurrte Sascha.

„Du kannst aber auch nichts ernst nehmen", zischte sie ihn an, „Komm endlich mit, die Straße suchen!" Ohne seine Antwort abzuwarten, lief sie schon voraus.

Sie folgten den Spuren und fanden so etwas wie einen Trampelpfad durch den Wald, der nach einiger Zeit auf eine schlecht befestigte Straße führte, die immerhin einige neue Reifenspuren aufwies.

Sie entschieden sich, talabwärts zu gehen, einmal weil es leichter war, zum andern, weil das Zeltlager im Tal lag. Mit Sonnenaufgang erreichten sie einen halb zerfallenen Bauernhof. Ein alter Mann fütterte ein paar Ziegen. Mit den wenigen französischen Worten, die ihnen gerade einfielen, erzählten sie ihm von der verlorenen Gruppe und der Nachtwanderung. Von der Kapelle allerdings sprachen sie nicht. Der Alte hatte tatsächlich ein Telefon.

„Mann, da fällt mir ein Stein vom Herzen", seufzte Carlos erleichtert auf, „Wir haben gerade schon die Polizei verständigt "

„Die Polizei?" bibberte Julia, „Das wird eine Stange Geld kosten." Ihr Vater würde bestimmt sauer sein, dachte sie. Aber letztlich konnte ihr das jetzt ziemlich gleichgültig sein.

„Wo seid ihr?" fragte Carlos.

Sie fragten den Bauern und nannten ihm den Ort.

„Bleibt, wo ihr seid. Oder geht die Straße talwärts bis zum nächsten Wegweiser. Dort holen wir euch ab."

„Mit dem Bus?"

„Klar. Ihr habt ja hoffentlich alles richtig gepackt wie vorgesehen. Wir bringen eure Klamotten mit."

„Aber auch was zu essen und zu trinken bitte. Wir haben einen Mordshunger."

Nach einem höflichen „Merci!" gegenüber dem Bauern machten sie sich auf den Weg. Es dauerte länger als sie gedacht hatten. Mit knurrenden Mägen erscheint die Zeit besonders lang. Kurz vor dem Wegweiser, wo sie warten sollten, erkannten sie in der Staubwolke, die sich ihnen näherte, ein Polizeiauto.

„Die suchen uns!" sagte Julia und winkte müde. Aber es fuhr an ihnen vorbei ohne anzuhalten.

„Sind die denn blind?" fragte Julia empört.

„Vielleicht suchen sie ja etwas ganz anderes", meinte Sascha achselzuckend.

„In dieser gottverlassenen Gegend?"

„Ist doch egal", knurrte Sascha.

Endlich erschien laut hupend mit schimpfendem Fahrer der Bus. Zugleich kam die Polizei zurück. Doch diesmal hielt sie an.

„Heute Nacht wurde in dem alten Kloster ein wertvoller Engel gestohlen. Einem Eremiten, der in der

Frühe dort beten wollte, fiel zuerst die geöffnete Kirchtür auf. Dann erst bemerkte er den Verlust. Einer von den Kerlen muss sich daran verletzt haben. Wir haben Blutspuren gefunden."

„Blutspuren?" wiederholte Sascha und wurde blass. Dann aber erklärte er beherzt: „Das kann auch von mir gewesen sein. Ich habe mich an der Tür verletzt, als wir einen Schlafplatz suchten für den Rest der Nacht. Wir hatten uns nämlich verirrt."

„Stimmt", bestätigte Carlos, „Wir waren schon in größter Aufregung ihretwegen."

„Aber mit dem Diebstahl haben wir nichts zu tun!" beteuerte Sascha. Der Polizist fuhr abwinkend fort:

„Bald darauf entdeckte der Eremit den Verlust. Ihr habt doch zugegeben, dass ihr heute Nacht in der Kapelle wart. Habt ihr etwas gesehen? Es war ein berühmter Barock-Engel."

Ein Engel? Julia und Sascha sahen einander an.

„Es war doch stockdunkel", protestierte Sascha, „Wie hätten wir denn da etwas sehen können?"

Julia sah ihn vielsagend an und dann die Polizisten.

„Vielleicht doch ein wenig", sagte sie dann verlegen.

„Langsam passt alles zusammen", flüsterte Sascha ihr zu, „Das Flackerlicht, wahrscheinlich von einer Taschenlampe, sogar der Engel, den du gesehen hast und der sich zu bewegen schien und am Morgen weg war, - weggetragen eben, - die zersplitterte Tür, die Fußspuren, das Auto ... Aber wie das auf Französisch erzählen?"

Zum Glück sprach Carlos um einiges besser Französisch als sie. Mit seiner Hilfe berichteten sie mit vereinten Kräften den Polizisten, was sie beobachtet hatten. Viel war es nicht und half bei der Untersuchung des -Falles sicher wenig weiter.

„Aber sie haben uns wenigstens nicht auch noch in Verdacht", lachte Sascha, als sie schon im Bus saßen, und betrachtete die Schramme an seiner Hand.

„Glaubst du immer noch nicht an Schutzengel?" fragte Julia plötzlich.

„Wieso?" gab Sascha zurück und lachte plötzlich aus vollem Hals.

„Schöner Schutzengel, der sein kostbares Abbild klauen lässt, damit zwei verirrte Teenager die Nacht überleben!"

„Warum nicht?" gab Julia sinnend zurück.

Engelsbotschaft

Über blutigen Trümmern
und Luxuspalästen
über den Hungernden
wie über den Satten
über den Verschonten
und denen die fliehen

singen wieder die Engel
wie Jahr um Jahr
das neue Lied
uralter Verheißung
göttlichen Friedens
in die Nächte der Welt ...

Und wieder übertönen
Lustgeschrei und Kanonen
Hungergestöhn
und Reklamefetzen
das Gloria Dei

Und noch immer
warten die Engel
dass die Herzen sich öffnen
... und warten und singen

Der Weihnachtsengel

Es war kein Weihnachtswetter. Es war überhaupt nichts weihnachtlich an diesem 24. Dezember, fand sie. Alles war schiefgelaufen in diesen Tagen. Sie hatte eine Menge Bücher gekauft, viel mehr als ihr Geldbeutel eigentlich erlaubt hätte. Und der, von dem sie sich noch etwas hätte leihen können über die Feiertage, hatte ausgerechnet vorgestern Schluss mit ihr gemacht. Nun saß sie in ihrem Zimmer und starrte vor sich hin. Wenn sie wenigstens Taxi fahren könnte wie einige unter ihren Kommilitoninnen! Aber das hatte sie bisher noch nicht geschafft.

So war sie gestern morgen noch einmal zum Arbeitsamt gerast. Die lachten sie aus. Alles vergeben. Nur bei der Vermittlungsstelle für Weihnachtsmänner schien noch Betrieb zu sein. Weihnachtsmann oder Weihnachtsengel ist doch kein großer Unterschied, dachte sie.

Dachte sie. Aber alle Welt schien aus ihr unerfindlichen Gründen nur Weihnachtsmänner zu suchen. Die schienen sogar Mangelware zu sein in diesem Jahr. Für Weihnachtsengel gab es offenbar keinen Bedarf. Und dabei besaß sie ein so herrliches Gewand, das sie sich irgendwann selbst einmal zu einer Aufführung geschneidert hatte. Nicht einmal eine Perücke hätte sie sich zu besorgen brauchen. Ihr langes krauses Blondhaar wallte wie auf den Weihnachtsbildern alter Meister. Aber keine einzige Familie suchte einen Engel zum Freude-Bringen.

Total überflüssig fühlte sie sich. Und mit einem Mal überkam sie die Lust, etwas völlig Verrücktes zu tun. Auf einen Weihnachtsbaum vor einem Kaufhaus zu klettern und zu singen etwa oder ... oder einfach mitten am helllichten Tag im Engelsgewand auf die Straße ...

Es war eine endlos lange, schnurgerade Straße. Rechts und links dieselben eintönigen Häuser. Kein Mensch weit und breit. Wohl selten sind die Straßen so leer wie um die späte Mittagszeit des 24. Dezember, wenn die letzten Geschäfte ihre Türen schlossen und die letzten Käufer in ihren Autos, zu Fuß oder noch mit den letzten Straßenbahnen nach Hause geeilt sind. Und mitten auf dieser toten Straße, an eine Wand geduckt, die Hände vor den Augen, ein Kind. Was tut ein Kind, ein kleines Mädchen, um diese Zeit allein auf der Straße?

„Was machst du denn hier?"

Hanna fuhr zusammen. Einer von diesen bösen Onkeln, die so freundlich tun und vor denen die Lehrerin sie immer warnte, mit ihnen zu gehen?

Sie wagte kaum, aufzusehen. Aber die Stimme klang hell wie von einer Frau, und schließlich wandte sie doch verstohlen den Kopf und hielt auf der Stelle den Atem an.

„Bi – bist du-du ein – ein E-Engel?" stotterte sie. Die Gestalt zog verlegen die Schultern hoch.

„ Offenbar – wie du siehst!"

„Dann hat dich Gott mir geschickt!" strahlte das Kind.

„Wieso?"

„Ich habe doch darum gebetet", antwortete die Kleine kein bisschen verwundert, „Jetzt eben."

„An der Hauswand?" Die Gestalt sah wirklich himmlisch aus in dem langen weißen Gewand mit den wallenden Goldhaaren darüber.

„Bringst du mich nach Hause?" fragte Hanna statt einer Antwort zurück.

„Wo bist du denn zu Hause?"

„Bist du ein Engel und weißt das nicht?" wunderte sich Hanna.

„Ein Kind wie du muss doch wissen, wo es wohnt. Darf ich dich nicht danach fragen?" antwortete der Engel ausweichend.

„Kepplerstraße 38", leierte Hanna herunter.

„Richtig", bestätigte der Engel und überlegte.

„Das ist aber noch ein ganz schönes Ende zu gehen", meinte er schließlich, „Wir müssen uns beeilen, wenn wir nicht erst im Dunkeln zurückkommen wollen."

„Im Dunkeln?" fragte Hanna erschrocken, „Mama hat gesagt, wenn es dunkel wird, fängt gleich der Kindergottesdienst an. Da darf ich auf keinen Fall zu spät kommen. Dann ist nämlich Weihnachten, hat meine Mama gesagt. Aber wenn du bei mir bist ..." Sie legte scheu ihre freie Hand in die des Engels. Mit der andern hielt sie behutsam eine volle Tüte fest.

„Hast du auch einen Namen?" fragte sie nach einigen Schritten.

„Engel haben keine Namen."

„Aber der Engel, der zu Maria kam, hatte einen. Gabriel nämlich."

Der Engel schlug sich mit der Hand an die Stirn.

„Ach so, ja. Natürlich. Aber du – du hast doch sicher auch einen."

„Klar. Das weißt du doch: Hanna."

„Genau. Du bist also die kleine Hanna aus der Kepplerstraße 38. Und wie kommst du hierher um diese Zeit? Deine Eltern haben doch sicher Angst um dich."

„Nur meine Mama. Mein Papa weiß nicht, dass ich weg bin. Er hat Dienst im Krankenhaus. Darum ist doch meine Mama allein im

Wohnzimmer und hilft dem Weihnachtsmann, dass es ein schönes Fest wird."

Dem Weihnachtsmann ... Der Engel zuckte leicht zusammen.

„Ich darf heute auch einen Engel spielen", plauderte Hanna drauf los, „Nur spielen natürlich. In der Kirche beim Krippenspiel. Ich bin ganz wichtig in dem Spiel. Ich muss den Hirten nämlich sagen, dass das Kind geboren ist."

„Welches Kind?"

„Wie kann ein Engel so etwas fragen? Das Jesuskind natürlich - wer denn sonst?"

„Klar", sagte der Engel, und dann: „Aber warum du ausgerechnet jetzt auf der Straße bist, wo alle Leute zu Hause warten, das hast du mir immer noch nicht erzählt."

Hanna lüftete ein wenig das Päckchen, das sie in der Hand hielt.

„Deswegen! Mein Weihnachtsgeschenk für meine Mama. Eine Laugenbrezel, ganz frisch. Die isst sie nämlich so gerne. Als ich sie kaufte, war sie noch ganz warm. Vom Brezelbäcker in der Stadtmitte. Der backt die besten Laugenbrezeln in der ganzen Stadt, sagt meine Mama. Nur diese eine Sorte mag sie. Und nur ganz frisch. Darum konnte ich sie doch erst heute besorgen."

„Und die hast du dann ganz alleine eingekauft? Musstest du da nicht umsteigen?

Kannst du das denn schon?"

„Ich bin doch schon ein Schulkind", sagte Hanna stolz. Der Engel musterte sie.

„Sicher noch nicht lange", lachte er.

„Seit diesem Sommer. Aber die Zahlen kann ich schon sehr viel länger lesen!"

„Auch die Richtung?" fragte der Engel lauernd. Hanna wurde kleinlaut.

„Den Hinweg habe ich wirklich gefunden. Das siehst du ja." Und sie deutete auf die Tüte. „Der Bäcker hat mir sogar eine extra große Brezel gegeben. Weil Weihnachten ist, sagte er." Sie zögerte etwas, ehe sie fortfuhr:

„Aber auf dem Rückweg, da sauste die Bahn gleich durch bis zur Endstation. Und da, wo ich umsteigen musste, kam sie überhaupt nicht vorbei."

„Da bist du wahrscheinlich in die verkehrte Richtung gefahren."

„Vielleicht. Aber der Fahrer meinte, ich könne von der Endstation aus auch mit der Linie 34 bis zur Kepplerstraße fahren."

„Und das hast du gemacht?"

„Ja. Bloß: die fuhr erst eine halbe Stunde später und auch nicht bis zur Kepplerstraße. Nur ins Depot. Vor der Einfahrt hielt sie, und der Fahrer sagte: Alles aussteigen. Schluss für heute. An Heiligabend fahren doch am Nachmittag keine

Straßenbahnen mehr.

„Und da musst du nun zu Fuß nach Hause gehen?" Hanna nickte.

„Ich weiß aber den Weg nicht. Und es war auch niemand mehr auf der Straße, den ich fragen konnte. Da habe ich eben gebetet, dass Gott mir einen Engel schickt. Mama hat gesagt, manchmal hilft das."

„So, so", sagte der Engel.

In der Kepplerstraße 38 stand Hannas Mutter voller Unruhe am Telefon.

„Meine Tochter ... ja: verschwunden ... Sie ist immer so zuverlässig ... Wollte nur eben noch eine kleine Besorgung machen ... Vor gut zwei Stunden, ... nein, schon bald drei."

„Sie wird sich verlaufen haben", beruhigte der Polizist am andern Ende der Leitung, „Oder die letzte Straßenbahn verpasst. Drei Stunden gehen schnell herum. Gedulden Sie sich noch ein Weilchen. Ich gebe es derweil schon mal an die Streifen weiter, dass die Ausschau nach ihr halten. Für eine offizielle Suchaktion ist es jetzt noch zu früh ..."

„Aber Sie können doch nicht warten, bis es dunkel ist!" schrie die Frau ganz aufgeregt, „Sehen Sie sich doch die Straßen an! Die sind doch jetzt leer und tot wie nie ..."

„Ich bin so müde", jammerte Hanna nach einer Weile, „Wie lange dauert das denn noch?" Die Häuser sahen alle so ähnlich aus. Sie kannte das. Es gab eine Reihe solcher Straßen in der Stadt.

„Gut, dass wir hier nicht wohnen", hatte die Mama einmal gesagt, als sie mit der Straßenbahn durch eine solche fuhren, „Da kann man sich wirklich verlaufen." Man musste immer auf die Straßenschilder achten. Noch waren die Namen ihr fremd.

„Bald sind wir da." beruhigte sie der Engel.

„Bald – das sagen die großen Leute immer: Bald ist Weihnachten. Bald wird der Papa kommen ... Bald ... bald ... Wann ist denn das: bald? Kannst du mir das sagen?" Sie sah auf ihre Uhr und dann erschrocken den Engel an.„Du musst mir helfen. Ich muss nach Hause. Jetzt gleich. Nicht bald. Ich muss zum Krippenspiel. Du bist doch ein richtiger Engel, kein Spielengel wie ich. Kannst du mich nicht nach Hause zaubern?"

Der Engel hielt den Atem an.

„Zaubern? Ich? Ein Engel ist doch kein Zauberer, " wollte er sagen. Aber als er die vor Schreck weit aufgerissenen Augen des Kindes sah, fiel ihm ein: „Ach ja ... Vielleicht doch ... Aber du darfst mich dabei nicht ansehen. Setz' dich dort auf die Treppe. Warte einen Augenblick."

Gehorsam und voller Vertrauen folgte Hanna der Anweisung, kauerte auf der Schwelle des nächsten Hauses und schlug wie eine Weile vorher die Hände vor das Gesicht. Der Engel indes zog in Eile sein Handy hervor und wählte voll irdischer Hast eine irdische Nummer.

„Erschrecken Sie bitte nicht ... Ich brauche Ihre Hilfe ...“

Die Dame in der Taxizentrale schüttelte lachend den Kopf, während sie den Anruf weitergab, „Also, einen solchen Stuss hab ich mein Lebtag nicht gehört. Redet da jemand, eine Frau offenbar, etwas von einem Engel daher und von einem Kind auf der Straße und von keinem Geld und von Weihnachten. Die muss wohl total betrunken sein ...“

„... Oder wirklich ein Engel ...“ lachte eine junge Taxifahrerin, die sich zufällig in der Nähe der angegebenen Straße befand. Sie beschloss, neugierig wie sie nun einmal war, sich die Sache auf alle Fälle anzusehen. Als sie an der genannten Stelle ankam, stand doch da leibhaftig mitten auf der Straße ein ausgewachsener Engel neben einem kleinen Kind. Langsam fuhr sie näher, hielt an – und stutzte. Der sieht doch aus wie ...

„Bist du verrückt, Gabri-e - ?" lachte sie. Aber der Engel zischte sie an: „Kein Wort jetzt! Ich erkläre es dir gleich." Dann rief sie mit heller Stimme:

„Komm, Hanna! Die Engel von heute haben andere Methoden zu helfen!"

Hanna stieg hinten ein. Sogar einen Kindersitz gab es in dem Himmelsauto.

Der Engel setzte sich nach vorn. Den ganzen Weg über unterhielt er sich mit der Fahrerin in irdischer Sprache. Zwar konnte sie wie des öfteren bei großen Leuten nicht verstehen, worüber. Aber sie hatte das Gefühl, dass die Zeiger ihrer Uhr sich ein wenig langsamer drehten, je schneller das Auto durch die leeren Straßen glitt. Und bald erkannte sie erleichtert die ersten vertrauten Gebäude.

„Die Kepplerstraße!" sang sie beglückt. Jedenfalls hörte es sich so an. Genau vor der Nummer 38 hielt das Taxi an. Die Haustür war unverschlossen.

„Das ist sie tagsüber immer", sagte Hanna, „Nur oben muss ich schellen."

„Ich bringe dich hinauf", sagte der Engel, „Womöglich ist deine Mutter gar nicht da und sucht dich irgendwo."

An der Wohnungstür klingelte Hanna Sturm.

„Mama!" Sie stürzte auf die Mutter zu.

„Mama, ich habe einen Engel gesehen! Den Engel Gabriel. Er hat mich hierher gebracht!"

Die Mutter hielt sie so fest, dass Hanna sich nicht einmal mehr umdrehen konnte. So sah sie auch nicht, dass der Engel lautlos sich zum Aufzug wandte. Als die Mutter sie endlich wieder auf den Boden stellte, war der Engel verschwunden.

„Jetzt ist er weg", sagte Hanna ein klein wenig traurig.

„Das haben Engel so an sich", meinte die Mutter, „Die richtigen wenigstens. Solche wie du, die einen Engel nur spielen, müssen sich jetzt beeilen. Zum Umziehen für die Kirche reicht die Zeit nicht mehr. Aber nachher, wenn du dein Engelsgewand über deine Kleider streifst, sieht ja keiner, was drunter ist."

Behutsam legte Hanna die Tüte mit der Laugenbrezel auf die kleine Kommode im Flur, während die Mutter rasch ihren Mantel anzog.

Unten sagte die Taxifahrerin kopfschüttelnd:

„Ich glaube, du bist mir eine Erklärung schuldig."

„Das ist eine lange Geschichte" seufzte der Engel, „Ist schon recht wundersam, dass ausgerechnet du den Anruf der Zentrale entgegen genommen hast. Und erst mal: Danke, dass du mitgemacht hast."

„Einem Engel kann man doch nichts ausschlagen", lachte die Taxifahrerin, „Schon gar keine zehn Euro Fahrpreis für ein verlaufenes Kind."

„Und manchmal wird man dann selbst ein Engel", fügte Gabriele hinzu und zog sich das nun ausgediente Engelsgewand über den Kopf, während die Freundin schon den Wagen startete, „Aber das muss man ja nicht aller Welt erzählen."

Der Engel auf der Straße

Heut in der Stadt
hab ich einen Engel gesehn –
im Straßenanzug
und nicht einmal schön!

Er war ohne Flügel
und leuchtete nicht,
trug ein ganz alltägliches
Menschengesicht.

Wie ich ihn erkannte?
Im letzten Augenblick
zog er ein Kind
von der Fahrbahn zurück,

das ins Spielen vertieft
nicht sah die Gefahr. -
Wer sagt, dass der Retter
kein Engel war?

Der Engel, der Frau Walter glich

Im Kindergottesdienst hatte Anja ihnen wieder einmal eine Geschichte erzählt. Diesmal eine von Menschen, zu denen ein Engel gekommen war.

„Wieso haben die ihn denn nicht erkannt?" fragte Sven erstaunt, „Haben die nicht seine Flügel gesehen?"

Anja lächelte.

„Das mit den Flügeln haben die Menschen sich irgendwann so ausgedacht, weil es anders schwer zu erklären ist, wie jemand so plötzlich bei einem sein kann, womöglich ohne eine Tür zu öffnen. Aber die Engel **müssen** nicht unbedingt Flügel haben."

„Warum gibt es denn heute keine Engel mehr?" fragte ein Mädchen.

„Wer sagt das denn, dass es heute keine Engel mehr gibt?" fragte Anja zurück. „Es könnte doch sein, dass auch zu uns einer kommt und wir erkennen ihn nicht. Die Engel, von denen uns in der Bibel erzählt wird, sahen meistens wie ganz normale Menschen aus. Vielleicht sehen sie heute auch so aus wie unsereiner, vielleicht wie jemand, den wir kennen."

„Aber bestimmt nicht wie Frau Walter!" platzte Sven heraus. Einige Kinder kicherten.

Gerade eben erst, auf dem Weg hierher, hatten sie sich wieder einmal über die Alte geärgert. Alle im Stadtteil kannten Frau Walter, die Kinder vor allem. Alle, nur nicht Anja. Die war nämlich erst kürzlich zugezogen.

„Warum nicht" fragte sie verwundert. Nun kicherten sie nicht nur verstohlen; sie lachten aus vollem Hals. Ein Engel, der aussah wie Frau Walter – zu komisch, sich das vorzustellen! Frau Walter, die immerzu etwas zu meckern hatte und hinter ihnen herschimpfte in ihrem fremdartigen Dialekt, den die Kinder so witzig fanden, dass sie ihn immer wieder nachzuäffen versuchten. Das aber brachte Frau Walter dann jedes Mal erst recht in Rage, bis ihr Gesicht ganz rot und dick wurde vor Ärger oder sonst etwas.

Ausgerechnet die und ein Engel! Anja sah dem Lachen der Kinder hilflos zu.

„Ach, wisst ihr", meinte sie endlich verlegen, „Vielleicht kennt ihr Frau Walter gar nicht wirklich. Wahrscheinlich habt ihr sie alle bisher nur von ihrer hässlichen Seite erlebt. Mancher Mensch ist in Wirklichkeit ganz anders als er sich nach außen hin gibt. Wenn man ihn aber erst einmal richtig kennen lernt, stellt man oft fest, dass einer, der einem immer nur fies vorkam, auch ganz anders sein kann, vielleicht sogar richtig nett."

Na ja. Zwar traute sich niemand, ihr zu widersprechen. Aber sie dachten sich alle ihr Teil.

Wenn schon Engel wie Menschen aussahen, dann allenfalls wie Anja oder sonst ein hübsches Mädchen. Aber ganz bestimmt nicht wie Frau Walter. Da waren sie sich alle einig. Und im übrigen war die Stunde bald vorüber, und manche freuten sich bereits auf den Sonntagsbraten oder das Eis hinterher ...

Sven hatte es nicht eilig auf dem Rückweg. Er trödelte vor sich hin. Sein Vater liebte es, am Sonntag lang zu schlafen. Und so waren sie schon vor einiger Zeit auch in seiner Familie übereingekommen, dass sich jeder am Vormittag aus dem Kühlschrank nahm, wann und wozu er Lust hatte. Erst am Abend gab es warmes Essen für alle. Sven würde also auf keinen Fall zu spät kommen. Wozu sich da beeilen?

Die Straße war fast leer um diese Zeit, der Bürgersteig auch. Irgendwo im Gebüsch hatte er eine zerbeulte Coladose gefunden. nun dribbelte er hinter ihr wie hinter einem Fußball her, schoss sie zwischendurch gegen eine Haustür oder einen Briefkasten, wo es besonders schön schepperte, und machte Grimassen dazu, als wollte er eine ganze Schulklasse unterhalten.

„He du! Was soll das?"

Er zuckte zusammen. Wie aus dem Boden geschossen stand plötzlich Frau Walter neben ihm. Nicht am Fenster oder an der Haustür wie meistens. Da wäre es ihm leicht gewesen, abzuhauen und sich aus der Ferne über sie lustig zu machen. Diesmal klang die Stimme ganz dicht an seinem Ohr. Und gleich würde sie wahrscheinlich zu der Backpfeife ausholen, die sie ihnen immer angedroht, aber niemals ausgeführt hatte, weil nämlich die Beine der Kinder zwar kürzer als die ihren, dafür aber weitaus flinker geraten waren.

Für den Bruchteil einer Sekunde stand Sven wie angewurzelt und wagte nicht, sich umzudrehen. Dann stürzte er mit einem jähen Satz auf die Straße zu, Frau Walter hinterher.

Ganz mit seiner ollen Dose beschäftigt, hatte er nicht bemerkt, dass ausgerechnet in diesem Augenblick ein Auto sich näherte, konnte erst recht nicht wissen, dass die Gedanken des Fahrers sich gerade mehr mit dem hübschen Mädchen beschäftigten, zu dem er fuhr, als mit der Straße und dem Bürgersteig.

Jäh quietschten die Reifen. Totenblass stieg der junge Mann ein paar Meter weiter aus und wankte die Strecke zurück, die das Fahrzeug bis zum Stillstand gebraucht hatte. Da sah er eine alte Frau über ein heulendes und schreiendes Etwas gebeugt ...

Es schreit, also lebt es noch! war sein erster, etwas erleichterter Gedanke.

Auch die Frau war weiß bis in die Haarspitzen hinein. Mit einer Hand zog sie aus ihrer Schürzentasche ein sauber geplättetes Stofftaschentuch hervor und tupfte behutsam das Blut ab. Dabei zitterte sie leicht, während die andere den Kopf des Kindes zu stützen versuchte.

„Es geht schon", sagte Sven, als er sie erkannte, und hörte sofort zu schreien auf. Aber das Aufstehen war doch mühsamer als er dachte. Ein merkwürdiges Zittern hatte seinen ganzen Körper erfasst.

„Nichts da!" kommandierte die Frau. Es war genau der bellende Ton, den er kannte. Aber mit einem Mal klang er ganz anders in seinen Ohren. Mit eisernem Griff hielt Frau Walter ihn zurück.

„Nichts von wegen aufstehen und nach Hause gehen! Wer weiß, was da drinnen los ist bei dir! Die paar Schrammen sind nicht schlimm. Aber was sonst womöglich noch passiert ist, kann keiner von uns sehen. Da braucht man schon einen Arzt."

Mit prüfenden Blicken musterte sie den Fahrer.

„Sie, junger Mann! Meinen Sie, dass Sie es schaffen bis zum Krankenhaus? Dann fahren Sie los! Ich komme mit und rufe von dort aus seine Eltern an. Ich weiß nämlich, wie er heißt."

Sie duldete keinen Widerspruch, fragte weder nach dem, was der junge Fahrer über Verhalten am Unfallort in der Fahrstunde gelernt hatte, noch ließ sie sich durch Svens lautstarken Protest erweichen.

„Ich will nicht ins Krankenhaus!" brüllte der,

während die alte Frau und der junge Mann ihn zum Auto schleppten.

„Vielleicht können deine Eltern dich ja gleich wieder abholen", knurrte sie dabei beruhigend, „Aber besser ist besser."

Svens Wehren ging in Schlurfen und sein Schreien allmählich in Wimmern über.

Für die Ärzte und Pfleger in der Ambulanz des Krankenhauses war alles nur ein Routinefall. Derweil rief der junge Mann die Polizei an. Während er und die alte Frau noch umständlich erklärten, wie alles geschehen war, stürmten schon Svens Eltern zur Tür herein.

„Er hat noch mal Glück im Unglück gehabt", sagte der Arzt, als er ihnen Sven mit einigen Pflastern übergab, „Außer ein paar blauen Flecken, Hautabschürfungen und dem Schrecken ist ihm nichts passiert. Da hat wohl ein Engel auf ihn aufgepasst."

„Ein Engel? Das war doch Frau Walter !" lachte Sven. Ausgerechnet die, dachte er mit einem scheuen Seitenblick auf die alte Frau, und ein klein wenig errötete er dabei.

„Manchmal sehen Engel ganz anders aus als wir denken", sagte die Mutter. Sven sah sie an mit großen Augen.

„Wird wohl so sein", antwortete er leise und dachte an Anja.

Schick mir einen Engel her.
lass ihn bei mir stehen.
Weiß ich meinen Weg nicht mehr,
lass ihn mit mir gehen.

Lass ihn mit mir gehn durchs Jahr
und durch alle Tage,
dass er mir, was gut und wahr
und was richtig, sage.

Komm, mein Engel, bleib bei mir,
wenn mein Leben endet.
Denn ich weiß, dass dort und hier
dich Gott selbst mir sendet.

Nächtlicher Begleiter

Es muss im Januar oder Februar 1948 gewesen sein. Das Ende des Zweiten Weltkriegs lag zwar schon fast drei Jahre zurück. Aber am Elend der Nachkriegszeit hatte sich noch nichts gebessert, es war eher schlimmer geworden nach der totalen Missernte des vorausgegangenen Sommers. Hunger und Entbehrung lasteten vielleicht schwerer als je zuvor auf den Menschen.

Immerhin verkehrten bereits wieder Züge. Und man hatte zumindest das Geld, sie zu bezahlen. Ein Vergnügen war es nicht in den zugigen Abteilen mit den teilweise noch immer zugenagelten Fenstern. So verreiste nur, wer es wirklich nötig hatte. Auch ich hatte eine dringende Angelegenheit in Ludwigshafen zu erledigen und beabsichtigt, das Wochenende zu einem Besuch bei meinen dortigen Verwandten zu benutzen. Aus Gründen, die ich nicht mehr weiß, hatte ich mich dann aber doch entschlossen, nicht wie vorgesehen bei ihnen zu übernachten, sondern bereits am Samstag zurück zu fahren.

Die Strecke war mir seit Jahren vertraut. Immer wieder war ich sie gefahren. Darum achtete ich auch nicht auf den Schaffner, der beim Kontrollieren meiner Fahrkarte mit monotoner Stimme gewohnheitsmäßig nuschelte:

„Kaiserslautern umsteigen"

Sicherheitshalber beschloss ich, lieber bereits in Hochspeyer, dem kleinen Bahnhof vorher, umzusteigen, einem Bahnhof, den mein Anschlusszug aus Kaiserslautern noch einmal anfahren würde. Es war zwar nicht gerade einladend, in der kalten und dunklen Februarnacht auf dem Bahnsteig zu warten; aber ein- oder zweimal, wenn der Zug aus Ludwigshafen Verspätung hatte, war es mir passiert, dass ich den Anschluss in Kaiserslautern versäumte. Das wollte ich jetzt, wo der Abend so früh hereinbrach, nicht noch einmal riskieren.

Wir befanden uns, als der Schaffner auftauchte, in einem der vielen Tunnels, die diese Strecke kennzeichnen. Nach seiner Länge schloss ich, dass wir bald in Hochspeyer ankommen mussten und steckte meine Lektüre weg. Schon während des Lesens war ich nicht ganz mit meinen Gedanken bei der Sache. Immer wieder geisterten durch mein Hirn ein paar Zeilen, die ich versuchte, zusammen zu bringen. Ich kann bis heute nicht sagen, ob es ein Kindergebet war oder eigene Gedanken, wie sie mir beim Warten einfallen – und die ich in der Regel hinterher total vergesse, wenn ich nicht die Gelegenheit wahrnehmen konnte, sie sofort zu Papier zu bringen. Diese Zeilen allerdings habe ich dann doch bis heute behalten, ich erinnerte mich ihrer noch oft:

Schick mir einen Engel her,
lass ihn bei mir stehen.
Weiß ich meinen Weg nicht mehr,
lass ihn mit mir gehen.

Dass ich ausgerechnet an einen Engel denken musste, war schon merkwürdig. Es gab nichts, was irgendwie an Engel erinnerte, weder im Abteil noch in der Röhre, die der Zug keuchend und pfeifend durchfuhr, noch draußen in der Landschaft, die dem Tunnel folgte und die sehr rasch in das weitläufige Bahnhofsgelände von Hochspeyer überging.

Es war bereits dunkel, als ich ausstieg und gewohnheitsmäßig nach der Abfahrtstafel Ausschau hielt. Außer mir war nur ein einziger Fahrgast auf dem Bahnsteig zurückgeblieben, während alle andern sich zum Ausgang wandten. Auch er strebte geradewegs auf diese Tafel zu, die er ein wenig eher als ich erreichte.

„Das darf doch nicht war sein!" hörte ich ihn ausrufen. Im selben Augenblick wandte er sich auch schon um, sah mich und fragte:

„Wollen Sie etwa auch ins Alsenztal?"

Ich bestätigte, nichts Gutes ahnend, während er enttäuscht stöhnte:

„Da kommt keiner mehr."

Ich spürte, wie ich blass wurde.

„Aber das ist doch nicht möglich", sagte ich mit einem Blick auf die Uhr, „Wir haben doch gar keine

Verspätung. Und normalerweise müsste unser Zug in Kaiserslautern doch den aus Ludwigshafen abwarten! Der Schaffner hätte das doch wissen und sagen müssen, wenn es keinen Anschluss mehr gäbe. Aber er sagte mir doch ausdrücklich: In Kaiserslautern umsteigen!"

Der Fremde schlug sich mit der Hand vor die Stirn.

„Stimmt! Sagte er zu mir auch – Aber eben in Kaiserslautern und nicht in Hochspeyer!"

Jetzt kapierte auch ich. Früher fuhren nämlich die meisten Personenzüge aus Kaiserslautern in das kleine Alsenztal über den Haltepunkt Eselsfürth zum nächsten Bahnhof Enkenbach und nur einige über Hochspeyer, wo dann die Reisenden der Personenzüge aus Ludwigshafen zusteigen konnten. Gegen Ende des Krieges aber wurde die kleine Talbrücke bei Eselsfürth zerstört und seitdem fuhren alle Züge aus dem Alsenztal über Hochspeyer nach Kaiserslautern und umgekehrt.

Und jetzt fiel mir ein, dass die Zeitung kürzlich gemeldet hatte, die Strecke über Eselsfürth sei wieder befahrbar. Ich hatte es gelesen so wie man so manche Nachricht liest, die einen zumindest im Augenblick nicht persönlich betrifft: nämlich sie bald danach schon wieder vergessen. Diese Reise heute war kurzfristig nötig geworden und ich hatte keine Minute an jene Meldung gedacht. Jetzt fiel sie mir siedend heiß wieder ein, und zugleich erinnerte ich mich, dass der Schaffner nicht wie üblich „Umsteigen in Hochspeyer oder Kaiserslautern" gesagt hatte, sondern eben nur Kaiserslautern selbst nannte. Dem Mitreisenden schien das fatale Missverständnis sich offenbar auf dieselbe Weise aufzuklären.

Aber was nützte das? Nun standen wir beide wie begossene Pudel da in der kalten und ungemütlichen Februarnacht auf dem einsamen Bahnhof und sahen einander ratlos an, so weit dies unter dem mondlosen, wolkenverhangenen Himmel überhaupt möglich war.

„Und nun?"

Wer von uns beiden es schließlich aussprach, weiß ich nicht mehr. Ich erinnere mich nur, dass der Fremde mich fragte:

„Müssen Sie noch weit?" und ohne meine Antwort abzuwarten fortfuhr: „Ich kann es zur Not zu Fuß schaffen. In zwei Stunden bin ich zu Hause."

„Ich nicht", stöhnte ich mutlos.

„Es gibt noch eine kleine Chance", fiel ihm plötzlich ein, „Wir müssen versuchen, zu Fuß den Zug noch in Enkenbach zu erreichen. Der Zug ins Alsenztal fährt ja erst in einer Viertelstunde in Kaiserslautern ab und sicherlich jetzt auf der ausgebesserten Strecke noch ein bisschen langsam", fuhr er fort, „Von hier aus könnten wir es in einer guten halben Stunde schaffen. Allerdings nicht über die Landstraße; das wäre zu weit."

Einen Augenblick schien er zu zögern. Dann fuhr er fort: „Ich kenne mich hier aus. Es gibt einen kurzen Waldweg über den Berg. Sind Sie gut zu Fuß?"

„Es geht", sagte ich mechanisch.

„Wenn Sie mitkommen wollen, müssen Sie sich rasch entschließen. Zeit haben wir keine zu verlieren", sagte er und rannte zur Sperre, die der Beamte gerade schließen wollte. Ich folgte ihm ohne weiter zu überlegen. Erst als wir bereits die Straße überquert hatten und uns auf einem schmalen Waldweg befanden, von dem aus wir bald in einen andern und dann in einen weiteren eingebogen waren, dämmerte es mir langsam, auf welches Abenteuer ich mich soeben eingelassen hatte: ich, zwar nicht mehr gerade ein Teenager, aber immerhin doch noch ein recht junges Ding in einem nachtdunklen Wald, wo kaum die Hand vor den Augen sichtbar war, mutterseelenallein mit einem fremden Mann, von dem ich nichts, aber auch gar nichts wusste außer der Tatsache, dass auch er wie ich auf dem falschen Bahnhof ausgestiegen war und sich nun zusammen mit mir auf einen Wettlauf mit dem Zug eingelassen hatte.

Aber nun gab es kein Zurück mehr. Ich hatte mich ehe ich es recht begriff dem Unbekannten und seiner Führung auf Gedeih und Verderb ausgeliefert. Wir hasteten nebeneinander her. Ein Gespräch zu beginnen wäre kaum möglich gewesen.

Wir keuchten und japsten beide bergauf und holten das Äußerste aus unsern durch die Hungerzeit geschwächten Körpern heraus. Aber schließlich ging es bergab, der Wald lichtete sich und eine Fußgängerbrücke tat sich vor uns auf.

„Gleich", japste er erleichtert „Dahinten liegt schon der Bahnhof. ..."

Auf der Brücke blieben wir einen winzigen Augenblick verschnaufend stehen.

„Noch stehen die Signale nicht auf Einfahrt", stellte er aufatmend fest, „Wir könnten Glück haben." Doch in diesem Augenblick hörten wir ein Pfeifen und Schnauben in der Ferne und gewahrten zugleich, dass die Signale auf „Freie Fahrt" umschlugen.

„Zu spät!" seufzte der Fremde resigniert, „Den kriegen wir nicht mehr." Und wenig später brauste unter uns das schwarze Ungetüm auf den Bahnhof zu. Die Brücke zitterte, mehr aber noch meine Beine.

„Und jetzt?" Ich versuchte, die aufsteigenden Tränen hinunterzuschlucken.

„Nicht verzagen", sagte der Mann mit einer auffallend beruhigenden Stimme. Bei anderer Gelegenheit hätte ich mich sicher über dieses nach meinem Empfingen pathetisch klingende Wort innerlich mokiert. In diesem Augenblick dachte ich nicht daran, sondern versuchte zunächst einmal, mein Herz zu beruhigen, das nicht allein von der vorhergegangenen Anstrengung noch immer heftig klopfte. Wie lange wir so standen, weiß ich nicht.

„Werden Sie erwartet?" fragte der Fremde schließlich. Ich verneinte arglos und spürte zugleich ein Erschrecken und eine gewisse Erleichterung darüber. Wir hatten zu Hause kein Telefon. Kaum jemand verfügte damals in unserm Dorf noch über einen solchen Luxus. Es gab wie in den meisten kleinen Dörfern nur eine öffentliche Fernsprechstelle bei dem meist nebenberuflichen Posthalter, an die man einen der Dorfbewohner rufen oder ihm durch diesen eine Nachricht überbringen lassen konnte, - aber doch nicht zu dieser nachtschlafenden Stunde! Und von wo aus schließlich? Und wozu? Meine Mutter hätte mir ja auch nicht helfen können. Also keine Möglichkeit, sie zu verständigen. Gut, dass sie von meinem Pech keine Ahnung hat, fuhr es mir durch den Sinn. Aber das machte die Situation für mich nicht besser. Enkenbach war ja auch nur ein Dorfbahnhof, den gerade der letzte Zug passiert hatte. Wir sahen, wie die Lichter im Gebäude erloschen. Also auch dort keine Möglichkeit mehr, die Nacht zu verbringen! Allmählich dämmerte mir die Aussichtslosigkeit meiner Lage, als ich den Fremden sagen hörte:

„Ich denke, ich kann Ihnen helfen." Jetzt erst stellte er sich mir vor. Er sei Prediger einer kleinen, in dieser Gegend aber nicht ganz unbekannten

Religionsgemeinschaft, zu der auch mein Vater gehörte. Sein Name war mir bekannt. Ich atmete erleichtert auf. Auf den Gedanken, dass er mich womöglich angelogen haben könnte, kam ich nicht.

„Ich habe gute Bekannte in Enkenbach", erklärte er nach kurzem Überlegen, „Und nicht einmal weit weg vom Bahnhof. Die machen es bestimmt möglich, dass Sie bei ihnen übernachten können, wie ich die kenne."

„Aber ich kann doch nicht mitten in der Nacht bei fremden Leuten ..." versuchte ich mich zu wehren. Er störte sich nicht daran.

„Natürlich könnte ich Sie auch mitnehmen zu mir nach Hause. Aber das ist von hier aus noch eine gute Stunde oder noch länger. Und dann hätten Sie morgen früh noch den langen Weg zur Bahn. Von hier aus können Sie gleich mit dem ersten Morgenzug weiterfahren."

Und ich ging mit ihm, ich hätte nicht sagen können, wieso. Der Herr, der uns öffnete, staunte nicht weniger als ich.

„Sie?" fragten wir beide gleichzeitig überrascht; denn zwei Tage zuvor hatten wir uns bei der Beerdigung einer gemeinsamen Bekannten kennen gelernt. Für ihn und seine Frau schien es eine ganz selbstverständliche Sache zu sein, mitten in der Nacht mir nicht nur ein Nachtlager auf dem Sofa im Wohnzimmer zuzubereiten, sondern auch noch etwas zum Essen vorzusetzen – in einer Zeit, wo doch fast jeder oft genug nicht einmal das Nötigste für sich selbst zur Verfügung hatte.

Nachdem der Prediger gegangen und mein Gastgeber den Abendsegen über uns gesprochen hatte, sank ich todmüde auf das Sofa nieder. Erst kurz vor dem Einschlafen kam mir das Ungeheuerliche meines Erlebnisses zum Bewusstsein. Ich fragte mich, wie ich so ohne Bedenken hatte mitgehen können. Flüchtig fiel mir der simple Engelvers ein. Aber ich war zu müde und gleichzeitig zu erleichtert, um dem noch nachsinnen zu können.

Am andern Morgen weckten die beiden alten Leute mich in aller Herrgottsfrühe und luden mich ganz selbstverständlich zu ihrem bescheidenen Frühstück ein. Der Hausherr las wie jeden Morgen den Losungstext.

„Denn Er hat seinen Engeln befohlen über dir, dass sie dich behüten" hörte ich ihn sagen und wusste in diesem Augenblick, warum ich das alles so ohne Angst hatte über mich ergehen lassen können.

„Gottes Engel sehen oft ganz menschlich aus", sagte ich, ehe wir mit dem Essen begannen, „In dieser Nacht bin ich ihnen begegnet."

Der Engel mit der Rose

Ich sah einen Engel
aus Stein am Tor.
Wie ein grimmiger Wächter
kam er mir vor.

Und dahinter lag Eden,
verdorben, verspielt.
Hab selten mich so
verlassen gefühlt.

Dann sah ich den Engel
mit Schnee bedeckt.
In die Hand hatte ihm jemand
eine Rose gesteckt.

Und mitten in Traurigkeit
kehrte das Glück
mit der Rose im Schnee
mir als Hoffnung zurück.

Inhaltsverzeichnis